シルヴィア・プラスの愛と死

井上章子

南雲堂

知られざる神に

——使徒行録十七章二十三章

はしがき

「生きた、書いた、愛した」

このスタンダールの墓碑銘は、現在でもその生涯を言葉の言葉による言葉のための創造に捧げた人にならば、地域や国籍を異にしても誰にでも似つかわしいと思われるのではないだろうか。

わたしがこれから語ろうとする詩人シルヴィア・プラスの生涯のエピタフとして、これほど適格な言葉はないと考えられる。ここで略述しておくと、彼女は一九三二年アメリカは大西洋岸のボストンでドイツ系移民一世の父とオーストリア系二世の母の長女として生まれ、まったくのアメリカ娘として育ち学び、東部の有名女子大学スミスを卒業するとイギリスのケンブリッジに留学、そして結婚、一時帰国したがイギリスに住むことになり二児を出産、一九六三年夫と別居中に異常寒波に襲われたロンドンの冬の朝に自殺した。僅か三十歳の短い生涯だった。

プラスは幼い頃から詩を書き始め、八歳の時ボストンの有力新聞「ボストン・ヘラルド」に「螢」という短い詩が掲載された。学童時代、当時はやり出したIQ（知能指数）の検査で異常に高い数値を示し、ドイツ式の厳しい競争原理に基づく徹底した勉強によってほとんどオールAで通した。その他に詩や短編を書いては新聞・雑誌に投稿を続け、不採用で返却されてくる原稿の黄ばんでくる山にもめげずに努力し続け、高校卒業時のアルバムには「未来の作家」と記されている。スミス・カレッジに入ると『マドモアゼル』や『セヴンティーンズ』等に掲載されまた、各地のコンテストで文学賞を受賞するようになった上、毎日のように母宛ての手紙を書いていた。さらに小学校以来続けてきた日記を書くことも忘れることはなかった。しかも学課もゆるがせにせずに勉強して、卒業の時は最優等《スンマ・クム・ラウデ》に輝いた。ケンブリッジの女子学寮ニューナム・コレッジにフルブライターとして入学すると、学内雑誌でレベルが高いとされる『グランタ』に詩が採用され、いくつかの文学活動にも積極的に参加した。入学の翌年の春、ある詩雑誌発刊記念パーティでテッド・ヒューズと出会い、六月に結婚した。二人は互いに相手の詩才を認め、影響を受け入れた。「詩人の家庭」は理想的にみえた。

プラスはアメリカの戦後、五十年代の普通の女子学生のように強い結婚願望を抱いていた。しかし母親の世代のように「男は矢であり女はその発進のための土台」に甘んじる生き方には激しく反抗し、またエリート大学のボーイ・フレンドたちとの交際においても、彼等の無自覚な自己中心主義と偽善性をつねに感じていた。他方、独身の女性教師達にも、学問の中で乾からび身を固く閉ざしている姿を見て嘲笑の的とした。プラスが求めたのはD・H・ロレンスとフリーダのような自由な男女の愛から生じる家庭であった。

テッド・ヒューズは才能豊かな詩人だったが、ケンブリッジに残る階級的差別感に反撥して、他の詩人志望の学生のようにロンドンの文壇と交流したり、有名教授からお茶に招待されるのを光栄と感じたりすることはなかった。彼の詩を狭い仲間内から広い社会に紹介したのはプラスだった。彼女は彼のために自分が今まで行なってきたこと――きれいなタイプ原稿をつくり、宛名を記入した返信用封筒を同封して英米のいくつもの出版社に送り、返送されたらまた別の出版社にすぐ送ること――をやり始めた。効果はてきめん。彼の詩は『雨中の鷹』と題してフェイバー社から出版された。批評家たちから絶賛され、大きな賞も受賞した。彼はまったく新しいタイプの詩人として注目の的となった。二人は幸福だった。しかしプラスはいつまでもフリーダの役を務めるわけにはゆかなかった。フリーダには作家になる望みはなかったが、シルヴィアはすでにアメリカで未来の詩人として認められ、これから真の自己自身の声を発見して真の詩人にならねばならなかった。そのためにテッドは力強い支えであったが、同時に強力な拘束者でもあった。二人の間には深刻な葛藤が忍びこむのは止むを得なかった。

プラスはイギリス人の間にいると、明朗かつ有能で清潔なアメリカ人の典型のように見えた。しかし実は、心の奥深くに傷痕《トラウマ》を抱えていた。それは八歳になって間もなく、彼女の神であった父オットー・プラスの死であった。彼女は、二歳半下の弟ウォレンが病弱で母オーレリアの世話を必要としたので、母にあまりかまってもらえない恨みを、父の自慢の娘になることによってはらしていた。それなのに父は彼女を置き去りにして逝ってしまった。母は子供のショックを和らげるために葬式にも墓地にも連れ出さなかった。この母の配慮はシルヴィアには逆効果で彼女は父の死の現実を受け入れにくくされた。大学二年の夏、全米から選ばれた『マドモワゼル』夏季号の学生編集者として、ニューヨークで羨望の的となるはずのきらびやかな一ヶ月を抑鬱的な気分で過ごし、家に帰った彼女は精神科医の治療を受けている間に処方された睡眠薬を一瓶分全部飲んで自殺をはかったのである。が、この試みは失敗して三日目に救出され、やがて彼女にスカラシップを与えていた富裕な女流作家のお蔭で、高価だがもっとも良いと言われているベルモントのマクリーン病院で半年過ごした後復学した。ここで気の合った精神分析の女医、ルース・ボイシャーに出会い、以後生涯にわたって指導を受けた。彼女の心底に拡がる大きな悲しみと畏怖は「世界苦」に対して異常に敏感であり、後年自らをホロコーストに投入されたユダヤ人と同一視したのもここに由来する。また熱愛した父が娘を置き去りにして死の国へ逝ってしまったという事態は、彼女も父と共にいるためにあの国へ行きたいという自殺念慮を生じさせたが、また同時に彼女の愛への裏切りという情動にもなり、後にテッドが他の女性に誘惑されて彼女との愛を裏切った時、父と夫とは重合して無慈悲な「父権像」を構成することになった。プラスはこのステロタイプ的な男性性の愛憎両存性《アンビバレンス》に深く浸透されていたが、最終的には憎悪の念を強烈にしかも軽やかなアイロニーをもって詩に刻み出すことができたのであった。こうして出来たのがプラスの代表作とされる「ラザロ夫人」や「ダディ」である。

ところでわたしは話を急ぎ過ぎてしまった。結婚したての頃テッドは、プラスの有能な援助により世に出て新進の詩人として注目を浴びるようになった。しかしプラス自身にはこの幸運はめぐって来なかった。ケンブリッジ優等試験《トライポス》の一部として提出した詩集を、イェール・ヤンガー・ポエツの一冊にと応募したが受賞できず、その翌年も失敗した。選者のW・H・オーデンとマリアン・ムアの目には、余りに技巧を凝らし過ぎと映ったのかもしれない。結局彼女の第一詩集『巨像その他』は、長女フリーダの出産と同じ一九六〇年、二十七歳の秋にハイネマン社からようやく出版された。その後ある財団（ユージン・サクストン）の助成を受けて、あの二十歳の夏のニューヨークの初体験とその後の自殺未遂事件と精神病院からの退院までを扱った自伝的中篇小説《ノベレッタ》『ベル・ジャー』（病室のベッド脇におかれるつり鐘型のガラス器）が、死の半月前にヴィクトリア・ルーカスの変名で出版された。批評はおおむね好意的であったが、それ以上ではなかった。一冊の詩集と一冊の小説。けれども彼女が遺したのはそれだけではなかった。前年の夏デヴォンシャーの家でフリーダとニコラスの二児に恵まれて田舎生活を楽しんでいたプラスに、一通の電話がかかってきた。勘の鋭い彼女にはそれが夫の情事の相手であることが直感された。裏切られたプラスの怒りはすさまじかった。離婚のための別居を始めると同時に、彼女は熱に浮かされたように詩作にとりかかった。睡眠薬の薄れる朝の三時頃から子供達が眼を覚ますまでの暁方の時間に彼女はすばらしいスピードで書きに書いた。そしてこれ等の詩を一冊の本に構成し『エアリアル』（シェイクスピア『テンペスト』中の妖精の名、また彼女の愛馬の名）と名づけた。この草稿を携えてクリスマス前にロンドンに転居した。が未曽有の寒波の襲来で断水し、電話もまだない窮境の中で、親子はひどい風邪に苦しんだ。それでも彼女は詩を書いた。それらは『エアリアル』とは全く調子の異なる絶望が凍りついた作品だった。二月十一日の朝、子供たちの枕元にパンとミルクを置き、部屋の扉に目貼りをしてから、プラスはガスオヴンの中に頭を入れた。係りつけの医師の電話番号をメモした紙片を脇に置いて。その日は八時に新しい手伝い《オ・ペア・ガール》が来る予定だったが、アパートの入口の鍵が開かないので連絡に手間どり、中に入れたのは十時過ぎだった。「白骨のフードを被った月はこんな光景は見慣れていた。彼女の喪服はこわばり裾は千切れてひきずっている」（「縁《へり》」）。もし彼女が期待したように事が運んでいたら……友人のA・アルバレスは自殺説を否定して飽くまで「助けを求める叫び《クライ・フォア・ヘルプ》」だったと主張した。

テッドがやって来て葬儀を行ない遺骨は彼の実家のある西ヨークシャーのヘプトンストール

の古い教会の墓地に埋葬した。プラスの身内は弟ウォレン夫婦だけが参列した。二年後、テッド・ヒューズはプラスが整えていた草稿の『エアリアル』を解体して、彼女がロンドンで書いた詩をはめ込んで同じ題の本として出版した。出版は事件になった。まだ若く幼児を抱えて別居中の妻がガス自殺をするなんて……この有能な、そして有望な詩人を死に追いつめたのは誰だ……女性解放運動《ウィメンズ・リブ》の女性たちがテッド編の『エアリアル』の中にも渦巻いているフェミニストの意識の巧みな表現にとびついて、プラスの詩はフェミニストの聖典となり、テッド・ヒューズはプラス殺しの犯人扱いをされる羽目《はめ》になった。プラスの遺産管理人《エステイト》のテッドとその姉オルウィンは折を見て少しずつ彼女の原稿を出版した。詩集の他に散文集や削除だらけの日記なども。様々な研究者が、プラス・エステイトの引用不許可と戦いながら研究書を出版し始め、「プラス産業」と揶揄されることもあった。

わたしは一九六八年、ハーバード大に留学中の主人の二年目を共に過ごした間にシルヴィア・プラスの詩のいくつかに触れて、強い衝撃を受けた。ウィメンズ・リブ運動の勢いが加速している最中だったのでその関連で紹介されたのかもしれないが、わたしには彼女の詩はリブ運動の単なるスローガン以上のものだった。それらの放つ強力なエネルギーに圧倒された。悲しみにおいても喜びにおいても異常に鋭く、また底深い拡がりがあった。愛を与え、また求めるときの祈りに通じる切実さ。そして前に述べたような「世界苦」への共感の深刻さ。わたしは魅入られたようにプラスの詩とそれらについての研究書を求め始めた。

以下の文章はわたしが共立女子大に在職中に、プラスとその詩の全体像を求めて、紀要に発表してきた論文をまとめたものである。本にするにあたって字句の統一や訂正を行い、また原文のまま引用した詩を邦訳しなければならなかったし、詩語の音には微妙な意味が感じとられるが翻訳するとこれらはみな失われてしまう。それで説明的（つまり散文的）な訳で失われたものを少し付け加える必要が出てくる。ロバート・ローウェルは創作と共に沢山の翻訳を行なっているが、彼によると、詩の翻訳とは原詩の調べ《トーン》を摑むこと、「もしその詩人が今のアメリカで書くとすればどんな風だったか」をつねに念頭におくことが必要だと言う。

シルヴィア・プラスはたしかに天才（一パーセントの霊感と九十九パーセントの苦闘）だった。彼女がもしあのロンドンの朝、助けられてもっとゆとりのある生き方ができたら、生前望んでいたように小説も書き、熟練の業を示す作品を書いていたかもしれない。しかし彼女は熟成の果実を人生がさし出すのを待っていられないように、ひたすら完成を目指して人生を駆け抜けていってしまった。「疲れを知らぬ蹄の音」（「縁《へり》」）を読む者の心に打ち込んで。この感動を伝え、彼女の仕事の重みをしっかりと手渡して、それを各人の心の底深く秘めて、いつの日か美しい真珠の球となるようすがを、この本がさし出す事ができたらわたしの望外の喜びである。

目次

シルヴィア・プラスの愛と死

出会いのインパクト

1

シルヴィア・プラスが亡くなって十年余りたった。[1] いま、彼女は伝説的存在となっている。アメリカの女性解放運動の殉教者扱いは熱狂的に過ぎるにせよ、彼女の作品の新たな解明、新資料の発掘、伝記上の事実の探究など活発な研究が、詩人たち批評家たちの手で行なわれている現状である。たしかに、誰にせよ、ひと度シルヴィアの詩を聞き、小説を読んだひとは、その巧緻きわまりない芸術性の奥ふかく閉じ込められた痛ましくも凄愴な魂が、自分の心の底にも燃える烙印を押されたように感じ、その後はもはやこの作家のことを心から離しておくのは非常に困難なことと思うであろう。「チューリップ」「ラザロ夫人」などの詩にわたしも常ならぬ感銘を受け、詩人シルヴィア・プラスの名を心に秘めたまま数年が過ぎた。そしてこのひとはもはや世にないことを、アメリカ版『エアリアル』詩集一巻をついに手にしたとき、ロバート・ローウェルの序文で否応なしに認めさせられたのだった。[2] またその後、小説『ベル・ジャー』の——その自伝的性格の故にアメリカでの出版は不可能と言われていたが——一九七一年のアメリカ版を入手することが出来、あの『エアリアル』と不可分の作品の産まれ出る根源に触れることができた。[3] 作品の根源に触れるというのは、その根源を全く理解することを意味するのではない。シルヴィアの夫、テッド・ヒューズも言う通り、それはひとつの謎《エニグマ》であるから。彼の言葉を忠実に辿るなら「シルヴィアは彼女自身のひとつの任務に直面していた。彼女の詩はその任務の進展の記録である。各詩篇は、ある纏まりとして回顧するとき、強固で明白な筋書をもったひとつの神話の各章にあたる——その発端または登場人物は根底において謎めいているにせよ」である。[4] そして彼の指摘のごとく、彼女の詩のうちに偶成的なものはほとんどなく、個々の詩は実はひとつの長篇詩を築き上げている、ということはまた『ベル・ジャー』も暗に教えてくれることである。

シルヴィア・プラスには他にも雑誌に既刊の作品が多く、また未発表の原稿やペン画なども公刊されつつある。詩集『エアリアル』と小説『ベル・ジャー』の読者としての資格だけで書くことは不遜なこととは承知しているけれども、いつも心から離れず心を重くするこの同世代の詩人についてわたしの感想を述べ、さらに一層の研究を進めるための出発点としたい。

2

シルヴィア・プラスは一九三二年十月二十七日ボストンに生まれ、一九六三年二月十一日ロンドンで亡くなった。栄光と苦難の短い一生であった。その生涯については、一九七一年ハーパー・アンド・ロー社刊の小説『ベル・ジャー』の巻末に付けられたロイス・エイムズの手になるものが簡潔で要を得て、しかも心がこもっている。[5] このロイス・エイムズはシルヴィア・プラスと高校・大学を共にした友人で、ユニテアリン派の教会の日曜学校や青年部の活動でもつねに行を共にした間柄であった。彼女はすでにその前年一九七〇年に、チャールズ・ニューマンの編集した『シルヴィア・プラスの芸術——シンポジウム』の第三部にも、「伝記のための覚え書」と題する二十ページ余りの小論を寄せている。[6] こちらも友人として深い哀惜のうちにあって静かな抑制された文章で、シルヴィアの生い立ち、学業、神経症、英国留学、テッド・ヒューズとの結婚、二児出産、そしてことのほか寒さのきびしかったロンドンの冬の朝の自殺に至るまでの生涯を叙してすぐれている。とくにこのためにシルヴィアと生前交際のあった人びとと会っているが、それについて、「その人びとがシルヴィアを語るとき、すべての点で一致するとは限らないが、目立って同一のことを言う。けれども、彼女の生涯のそれぞれ異なった時機によって、回想はいちじるしい対照をみせる。シルヴィアにはひとや状況に素早く順応する能力があった。たいていの人びとには彼女は心から打ち解け、あたたかく異常なほど率直だった。がしかし、いちばん親しい人びとに対しては彼女はしばしば謎であることを見せた」と、ここでも「謎」という言葉を用いている。それは、同じ第三部の次に来るシルヴィアの結婚後のボストン時代の友人、四歳年長の詩人、アン・セクストンの「酒場の常連は唄わねばならない」と題する追悼文にあるニュー・イングランドの女流詩人の伝統の自覚や、たぎりたつようにひたすら死を語りあったという詩人仲間の友情にも、ひとつのパースペクティブを与えるものである。[7] また昨年一九七三年にエヂンバラで出版されたアイリーン・エアドの『シルヴィア・プラス』は、詩人の生涯と作品をかなり手際よく一冊の研究書にまとめ上げて、同種のものとしては最初であろう。[8] それらを参照しながら、シルヴィア・プラスの生涯を作品と関連させつつ簡単に紹介したいと思う。

3

シルヴィアの両親はドイツ系のアメリカ人である。父オットー・プラスは十五歳でポーランドから移住、のちボストン大学の生物学の教授となり、とくに蜂の研究で国際的に有名であったという。[9] 母オーレリア・ショーバーはオーストリア人の両親からボストンに生まれ、ボストン大学でドイツ学科の修士論文を書いているときに夫となるひとと出会った。

一九三二年十月二十七日ボストン市内の病院でシルヴィアが誕生した。両親がこの名を選んだ理由は二つ、薬草のサルヴィアを連想させると共に詩的な形容詞「シルヴァン」を想起させる故であったという。父オットーの望み通りきっかり二年半の後、弟ウォレン・ジョゼフが生まれた。一家はハーバード大の「樹林園《アーボリタム》」内から海辺の町ウィンスロップに移り住んだ。そこから遠くない、大西洋に直面し西に湾をへだててボストンをのぞむポイント・シャーレイには母方の祖父母が住んでいた。「彼女はきびしい知的な競争とドイツ的な厳格な雰囲気のなかで成長した」と、テッド・ヒューズは亡き妻の幼時についてある雑誌のなかで述べている。がしかし、この海浜で過ごした幼児期が生涯でもっとも楽しい時期であったことも事実で、彼女自身も後年、数多くの手紙や書き物のなかでこの頃に触れている。

「〈内側が虹色の天使の爪のような〉青い二枚貝や、白い輪がぐるりとついている紫の〈幸運の石〉を拾い集めたり、こげ茶色やみどりや青や赤のガラスの破片や、彩色陶器の片割や小さな貝殻を大切にしまっておいた」と友人ロイスはシルヴィアの海の児ぶりを述べている。幼いシルヴィアが始めて電話をかけたのも、ポイント・シャーレイの浜辺に住む祖父母の家の番号OCEAN1212-Wであった。ずっとのち、一九六二年に彼女がBBC放送のために書いた回想録「詩人は語る」も、「OCEAN 1212-W」と題されている。[10] それは真に〈海の児〉シルヴィアにとって心のふるさとであった。

「私の幼時の風景は大地ではなく大地の果て——大西洋の波の冷たい塩からい揺れ動く山々でした。時折、わたしの海の心象風景は、わたしの所有するもののなかでいちばん明確なものではないかと思います。わたしは、いまは流離の身ですけれど、それを拾い集めるのです。むかしよく集めた全面に白い輪の一筋ついた紫色の〈幸運の石〉や内側が虹色の天使の爪のような青い二枚貝の貝殻のように。そして追憶の波のなかでそれらの色はいっそう深みを増し、輝きを帯び、幼時の世界が息づき始めます」

このように始まるBBCの談話のなかに、

「今日までわたしはその電話番号 OCEAN 1212-W を覚えています。わたしは祖母の家の浜よりは静かな湾に面した自分の家から、その番号を交換手によく繰り返したものでした。それはひとつの呪文、みごとな脚韻、そしてわたしは黒い受話器がほら貝のように祖母の〈もしもし〉ばかりでなく、あの外海のざわめきも呼び帰してくれることを半ば期待していました」

という心を打つ一節がある。またこの後の方に、二歳半になったとき、弟の誕生によって受けたショックが丹念に述べられている。母親が病院にいってしまったのでシルヴィアがひどくむずかって祖母を困らせていたとき、

「ついに祖母は態度を和らげました。お母様が帰っていらっしゃったらわたしにはびっくりするようなお土産があるでしょう。それはなにか素晴らしいものでしょう。それは——赤ちゃんでしょう、と。赤ん坊。わたしは赤ん坊を憎悪しました。二年半の間、優しい宇宙の中心であったわたしは斧の一撃を感じ、極地の寒冷が骨の髄まで凍りつかせてしまいました。わたしはただの傍観者、博物館のマンモスになってしまうでしょう。赤ん坊！……時折わた

しはひとでをジャムの空き瓶に海水を入れて飼い、もげた腕が再生するのを観察したりしました。この日、この畏るべき他者、わたしの競争相手、なにか他のひとの誕生の日、わたしはひとでを石に叩きつけました。死ぬがよい、感覚なんてないのだから。……絶えるひまなく呑み込みかきまぜる海からのかけらが、或る瞬間にもわたしの足もとに打ち上げられないとも限らなかった。ある象徴として。なんの象徴？　選ばれ、特別になったものの象徴。わたしが永久に見捨てられたのではないという象徴が。そして実際、わたしはひとつの象徴を見たのでした。」

それは幼い彼女がいつも大洋のかなたに夢想していたスペインの財宝や王女や人魚姫などではなく、木彫りの「考える人」のポーズをした猿だったが、「聖なる狒々」として彼女を喜ばせた。そして

「このようにして海は、わたしの欲求を認め、祝福を送ってくれました。わたしの赤ん坊の弟はその日わが家に地位を占めましたが、わたしの驚嘆すべきそして（神のみぞ知る）はかり知れぬ価値をもつ狒々もまた同じことをしたのでした。」

ともあれ弟の誕生によってこの怒りと悲しみでいっぱいの「海のいたずらっ子」はすべてのものの孤立を見たのだった。「わたしはわたしの皮膚の壁を感じました、わたしはわたしだ、あの石は石だ。この世界の物たちとの美しい融合は終ったのだ」と。

けれどもシルヴィアの存在の根底をゆるがすような変化は、彼女が八歳になったとき起こった。一九四〇年十一月、長い苦しい病気の後、彼女の父は亡くなった。彼女のBBC放送の談話はこう結ばれている。

「父が亡くなりわたしたちは内陸に越しました。そのときわたしの生涯のはじめの九年間はガラス瓶のなかの一隻の船のように自らを封印してしまったのでした——美しく、手のとどかぬ、忘れ去られた、ひとつのみごとな白い翼の神話のように。」

この時以来シルヴィアは海に対して絶えることのない憧憬を抱き続けながら、幼い自分をのこして逝ってしまった父に対する思慕と憎悪は、こもごも後年の作品にその痕をとどめることになった。

生計のため母は実家のショーバー老夫妻といっしょになり、海岸からずっと奥に入ったウェルズリーの町に移り住んだ。ここはボストン郊外の上層中流階級の人びとの町であった。ウィーン生まれの祖母が家事の面倒をみる間に、シルヴィアの母はボストン大学の医学助手課程の学生を教えに出かけた。祖父は高級住宅地ブルックラインのカントリー・クラブに週日は泊まり込みで勤務し土日にはクラブのぜいたくな食物キャビアなどを孫たちへのお土産にして帰っていた。シルヴィアはその土地の公立の小・中・高の課程をいつも優秀な成績で了え、一九五〇年、二つの奨学金を得て、全米でもっとも大きくぜいたくな女子大スミスに進学した。

4

一九五〇年はシルヴィアの短編小説「そして夏はもう還らない」が、はじめて『セヴンティーン』三月号に採用された年でもあった。

幼時から作文に才能を示していたが高校の教師からその才幹を認められ励まされて、文学は彼女にきびしい訓練と止みがたい欲求になっていった。この短篇が採用されるまで、実に四十五もの作品を送り続けていたと言う。

前述のBBC談話「OCEAN 1212-W」のはじめの方に、マシュー・アーノルドの詩を母が幼い姉弟に読みきかせたとき、「ひとつの火花がアーノルドから飛び散り、私を悪寒のように身震いさせました。私は泣き叫びたくなりました。とても妙な気分でした。わたしは仕合わせを感じる新しい道におち込んだのでした。」と異常に敏感な反応を回顧している。そしてその頃から小さな詩――レバー、レバー、／お前はわたしを身ぶるいさせる――などをつくって、食卓の母親のナプキンやバタ皿の下に忍ばせて興じていた。八歳半のとき『ボストン・ヘラルド』の日曜版に、彼女の投稿した詩が掲載された。

こおろぎの歌を聞いてごらん／露ふかい芝草のなか。／あかるい小さい螢たち／飛んでゆくときちらちらひかる。

まだ韻を合わせる興味以上のものではないにせよ、すでにこの当時から自分の作品が印刷されることに関心を寄せ、高校時代は前述のように熱心な指導教師を得てきびしい修練時代を送った。その高校、ガマリエル・ブラッドフォード高等学校の卒業アルバム「ウェルズレイアン」には、シルヴィアは「あたたかい微笑……精力的な勉強家……」、そして「未来の作家……『セヴンティーン』誌より返却された原稿の山々……」と記されている。

スミスに入っても、熱心に授業のノートをとり続け、課せられた以上の勉強をやってのけるかたわら、亡き父オットーのかたみの赤革のシソーラスを手ばなさず、つねに文学の修行に精魂を傾けていた。もっとも高校時代の友人や大学の上級生からの忠告を受け入れて、社交的な活動にも身を投じはした。スミス・カレッジの在る町ノーザンプトンの市民学校の絵の先生にボランティアとしてなったり、大学二年次のダンスパーティ委員に選ばれたり、その後『スミス・レヴュー』の編集委員や、さらに名誉なことに「優等生審議会」の秘書に選出されたりした。その結果、二年次の終りの卒業週間中、通称「プッシュ」という卒業生や年配者のエスコート係りを務める二年生の委員に選ばれることともなった。

またイェール大のダンスパーティに出かけたり、週末をプリンストン大などで過ごしたりもした。あるときはハーバード大の医学生を訪ね、一夜、彼の案内で白衣を着て他の医学生や医師の一団と病室を巡回し、産科病棟では分娩室で出産の模様をつぶさに見学して、さながら「まったく責任のないナイチンゲールになったように感じて興奮」したこともあった。[11] このような彼女の姿をある友人は、後に「あたかもシルヴィアは人生が彼女に近づくのを待ちきれず……自分から飛び出していって人生を迎え、なにかを起こそうとしているかのようでした」と回想している。

この期間、彼女は社会人、友人、また自己自身をすすんで受け入れようとしなかったことを自らの欠点としてしっかり自覚し、進んで他からの批評に身を曝《さら》していた。また同じ頃、女性としての目覚めと同時に、詩人・知識人としてのライフスタイルと妻・母としての生活様式との間の葛藤が、彼女の関心の焦点となっていったらしい。この心の葛藤こそ、実験室の鐘型《ベルジ》ガラス器《ャー》のように彼女の頭上におおいかぶさって息苦しくさせ、その苦悩と孤絶とをつつましい微笑の下に固く秘めたまま、ついに死に至らしめた病いの誘因であった。

5

自伝的小説『ベル・ジャー』は、アメリカの一女子大生の知的才華と社会的不適応のもつれによる自殺未遂、入院、復学の過程を主題として、伝記上ではスミス・カレッジの三年次の前の夏休みに続く六ヶ月間に相当する。しかし発表されたのはヴィクトリア・ルーカスの筆名の下に、一九六三年一月十四日、ロンドンのハイネマン社からで、死の直前のことである。[12]

その間、シルヴィアの生活は目まぐるしく変遷した。三年生になる前の七月、『マドモアゼル』の大学特集号の記者のコンテストに応募してみごとに当選、ニューヨークで華やかな一ヶ月を送るが、「どこか具合いが悪く」、あとの八月のハーバードのサマースクールの作文コースがとれなかったことにひどく失望して、何もかも無意味になり、家の地下室で睡眠薬を飲んで自殺を図り、三日目に救出された。精神病院で半年間過ごしたものの一九五五年九月、スミス・カレッジを最優等で卒業、直ちにフルブライト留学生としてケムブリッジのニューナム学寮に学び、その地で詩人テッド・ヒューズと出会い、ロンドンで結婚、アメリカに帰ってスミスの講師を勤めたが、一年後文筆に専念するため辞職。アメリカに比べ万事ともしく、不便な英国の暮らしのなかで財団の補助金に頼って二児を育てながらの執筆活動であった。『ベル・ジャー』を書き継ぐ一方、一日に一つ、また時には二つ三つもの詩が生まれ、これらは彼女の死後『エアリアル』と題して纏《まと》められた。当時の執筆状況は彼女が規則通りユージン・F・サクストン記念財団へ送った四通の報告書や、とくに友人への手紙から推測すると鬼気迫るものであった。この小説はすでにアメリカにいる間に書き始められ、財団に応募したのは全体のすでに六分の一、五十頁ほど書き終った小説を完成させるためであった。「現在わたくしは夫と一歳の乳児と共に二部屋のアパートに住んで居り、生計費をやりくりするためにパートタイムの仕事をしなければなりません」という理由で「ベビーシッターまたは乳母の賃金一日五ドル、一週六日間として一年分一五六〇ドル、書斎の借り賃週約十ドル、一年分五二〇ドル。総計二〇八〇ドル」を要求し、幸い全額受け入れられた。仕事は順調にはかどるかに見えたが、この直後第二子ニコラスが生まれ、シルヴィアの一日は育児・家事と書きものに両断されてしまった。

ところで詩作に専念していたシルヴィアが小説を書いたわけは、ある友人宛ての手紙によると、「十年も前からこれをやりたくてたまりませんでしたが、小説を書くことには恐るべき障害がありました。すると突然、わたしの詩集のアメリカ版を出すことでニューヨークの出版社と話し合っていると、堰は破れ一晩中怖ろしい感動に捉えられてまんぢりともせず起きて、どのようにそれをなすべきかを考え、翌日書き始め、毎朝お勤めにゆくように借りている書斎に通い、そのためによけい締め上げられています。」ということだった。第二子の出産後、流産、盲腸の手術、筋肉痛など次つぎに襲いかかる病魔にも抱わらず、シルヴィアのペンはたゆまず『ベル・ジャー』を書き続け、また六二年の六月頃からはそれまでとはまったく変わった詩作が始まった。以前の『巨像その他』詩集の時代と違って、テッド・ヒューズの言うところによると「シソーラスを丹念にひくことなしにこの詩——「チューリップ」——を書いた、しかも急ぎの手紙を書いているかのようにフルスピードだった。このチューリップの詩以来、彼女の詩はすべてこのようにして書かれた」。[13]

前述のように『ベル・ジャー』は一九六三年一月に出版された。『リッスナー』は「精神病者でも他の誰でもと同じように、あるいはもっと上手に行なうことの出来るアメリカの批評があるが、ミス・ルーカスはそれをみごとにやってのけた」と称揚し、『ニュー・スティツマン』では「〈ベルジャー〉はサリンジャーのムードを持った女らしい小説」と呼ぶなど、大むね好評をもって迎えられた。しかし一九七〇年メアリイ・キンジーの「非公式の批評リスト」によると、当時の書評はたいてい「無知文盲」と手きびしい。『エアリアル』詩集、ヴィクトリア・ルーカスの本名をあかすこと、そして作者の自殺、に照らし出されるまでは、『ベル・ジャー』はささやかな興味をひきおこしたに過ぎない、と彼女は言う。[14]

これと意図は異なるが、ロバート・ローウェルのアメリカ版『エアリアル』の序文にも、生前のシルヴィアの作品に心をとめなかったことへの痛恨が沈痛にひびいている。

『ベル・ジャー』においてシルヴィア・プラスは、自分の神経症を「内部の空気の希薄な鐘型《ベル・》ガラス器《ジャー》」として形象化し得た。『エアリアル』においては次第につのる神経症、頭上に重くのしかかって来るベル・ジャーに対して、そして五十年来と言われるロンドンの冬の寒さの中、二人の赤ん坊が目を覚まさない夜明けに、「夜は全然ダメです。夜になるとグッタリしてしまって音楽と水割りのブランデーでなんとか凌げるだけです」と悲痛な訴えをしながら、恐るべきスピードで、彼女自身を作品化していった、と言って支障はないであろう。

6

「エアリアル」の書かれた年代順については、テッド・ヒューズをはじめいつくかの考証がなされているが、つぎに一般に流布されている『エアリアル』詩集の順に従って、いくつかの試訳を紹介してこの小論の結びとしたい。

ラザロ夫人[15]

またもしてしまいました
十年目ごとに一年
なんとかそれを――

ある種の活ける奇蹟、わたしの皮膚は
ナチスのランプ笠のようにつややか、
わたしの右足は

文鎮、
わたしの顔は目鼻のない、目のつんだ
ユダヤの麻布。

そのナプキンをはぎとってください。

わたしの敵の方がた。
わたしは怖がらせまして？

鼻、眼窩、ひと揃いの歯？
酸っぱい息は
一日もすれば消えますわ。

すぐに、すぐにあの墓穴の
むさぼった肉身は
わたしにぴたりとなじむでしょう

そしてわたしはほほ笑む婦人。
わたしはまだ三十歳。
そして猫みたいに九生をもちますの。

この生は第一回。

十年ずつを
おおなんとつまらないこと。

なんという無数のフィラメントでしょう。
ボリボリ豆を噛むご連中は
押し合いへし合い群がって見にきます

わたしの片手、片足の布のほどかれるのを――
大げさなストリップショーね。
御来場のみなさま方よ、

こちらがわたしの両手、
わたしの両膝でございます
わたしは骨と皮かもしれません。

にも拘わらず、わたしは同じ同一の婦人。

一度目はわたしが十歳のとき起こりました。
事故でした。

二度目はわたしのつもりでは
いつまでも続き全く還って来ないはずでした。
わたしは岩の中に閉じ込められ

貝殻みたいでした。
みんないく度も呼ばねばなりませんでした。
そしてねばつく真珠のように蛆虫をわたしからつまみあげねばなりませんでした。

死ぬことは
ひとつの至芸、他のすべてと同じに。
比類なく巧みにわたしはやっています。

地獄みたいないい気分がするのでそうするのです。

本物のような気がするのです。

わたしには召命があるとあなたは言うかも知れません。


独房でそれをするのは簡単です。

そうしてそのままじっとしているのも簡単です。

これは劇場に

ま昼間、同じ所、同じ顔、
同じ荒々しく打ち興じる叫び声に
もどってくること。

「奇蹟！」

これがわたしを打ちのめす。

報酬があるのです

わたしの切り傷を見る目に

わたしの心臓を聞く耳に報酬が——
本当にそうなんです。

そして報酬があるのです、とても多額な報酬が
ひと言に、ひと触れに、
またひと雫の血にたいして

またわたしの髪の毛ひと筋または衣服のひと切れに。
そう、そうドクトルさま
そう、敵の殿方

わたしはあなたの作品《オプス》、
わたしはあなたの貴重品、
金無垢の嬰児、
それは熔融してひとつの叫喚となる。

わたしは回転し焼かれる
あなたの大きな心づかいをひくく見積もったとお考えにならないで。

灰、灰燼、
あなたはつつきかきまわす
肉、骨、それはここにありません――

石鹼ひとつ
結婚指輪ひとつ
金歯がひとつ

神様殿、悪魔殿
御用心
御用心

その灰燼から

赤い髪をもってわたしは蘇り
そして空気のように男どもを喰べてしまう。

チューリップ（一節のみ）[16]

そのチューリップはあまり刺激的です、ここは冬。
なんと一切は白く静かで雪に降り罩《こ》められているかごらんになって。
独り静かに横臥して光線が
この白い壁面。このベッド。この両手に
さし込むとき、平和であることを学び始めました。
わたしは無、爆発とはいっさい関係ありません。
わたしは姓名と衣服を看護婦に
過去を麻酔医にこの身体を外科医にあずけてしまいました。

十月のひなげし[17]

この朝の茜雲さえもそんな裳裾をどうしようもない
担架の婦人の上着を透かして息を呑むほどに
赤く花とにじむ心臓でさえも——
賜物、　空によって全く願い求めることなしにやってきた賜物。

あおざめて焔のように
目によってその一酸化炭素に点火しつつ、
ダービーハットの下で、　停止にいたるまでにのろくなる

ああ神様、　霜の林、　矢車草の曙のなかで
おそい口を開き叫ぶ
このわたしはそも何者でございましょうか。

経験の統一としての詩の方法

1

詩人の言葉は詩的でありつつ言語の再創造のいとなみにおいて一個人性、一国語性を超え出ようとする。シルヴィア・プラスの詩においては、この点とくに日常言語のレベルでは無自覚に許容されている言語の多彩な可能性が、彼女の詩的追及が構築する自覚的で統一的な高密度な言語空間のうちで加圧されて、異様な輝きを放っているのが見られる。もちろんこう言ったからといって、プラスの詩がなにか特別な「詩語」に頼ろうとしているとか、「口語」的な言葉づかいを避けているということを主張したいのではない。むしろそこには、生活的に細分化された感覚語も技術用語も科学の術語もナーサリイ・ライムの重いリズムも軽い会話の調子も深い詠嘆も烈しい叫びも、すべてが表われている。こういう事態は現代の詩人が「諸経験の統合」（I・A・リチャーズ）を目指すからには当然のことであり、シルヴィア自身も自分の詩は経験を統制し、知的に扱うことから由来すると語ったことがある。

「わたしの詩は私の感覚的な感情的な経験から直接的に出てくると思います。が、つけ加えなければならないのは私は注射針やナイフの類で伝えられる以外には心情の叫びには同情できないということです。たとえいちばんひとをぞっとさせる——狂気、拷問のような経験であってさえもです——そしてこういう経験を知識と知恵のある精神をもって取り扱うことができなければいけないと思います。私は個人の経験は暗箱のようにナルシシズム的な経験を鏡像として写すだけではいけないと思います。それはヒロシマやダハオのような事態と一般的に関係していなければならないと信じます。」[1]

ひとりの人間の経験をその広さと深さにおいて一定の言語空間に書き込むことがどこまでできるであろうか。一篇の詩にどれだけのことが表現できるであろうか。これを可能にするものこそ言語に秘められた能力であり、とくにたんなる曖昧性に陥ることなく多義性を活かす象徴造型力であると言えよう。ともあれ音とイメージ、意味とシンタックスの各面からこの複雑な言語性に迫り、再創造された言語、新鮮な言葉を詩の作品として、つかみ出して目のあたりに示してくれるのが現代の詩人たちである。そしてシルヴィア・プラスが彼女の詩において行なったことは、まず何よりもこの詩が担いつつある現代的課題に対する応答であった。しかもその応答ぶりは……。それはただに目ざましいというだけでなく、その詩を読む者の息を呑ませ、圧倒し、その心に烙印を押すのである。ロバート・ペン・ウォレンの言ったごとく彼女の詩は「月の冴えた夜、だれかが窓ガラスを叩き割ってつき刺すように冷たい現実の風に曝す」ような衝撃を与えるのである。この「衝撃」としてのプラスはこの本の中でたびたび取り上げられることになるであろう。この章ではただ詩の現代的な課題を言語の関心の面において探りながら、その課題に対する一つの解答、しかもあざやかな解答例として、プラスの詩をさし示すことにその範囲を限りたいと思う。

2

シルヴィア・プラスの詩は現在のところ四冊の詩集にまとめられている。詩人が生前自らの手でまとめた唯一の詩集『巨像その他』（*The Colossus and Other Poems* 一九六〇）は、リズムとイメージのさまざまな試みに充ちた習作とみなされることもあるが、またその後に出た『エアリアル』(*Ariel* 一九六五)の独創性――イメージの噴出と異様なスピード感――は、たしかにそれより前の作品を過渡的なものと評価させることもあるが、わたしは『巨像その他』詩集をもってすでにプラスの天才が十分に姿を現わしているものとみたい。[2]

複雑な音の効果、とくに頭韻や脚韻の愛用の他、詩行のなかにちりばめられた中間韻やアソナンス、ディソナンスなど――で織り成された詩のテキスチュアのみごとさは、イーディス・シットウェルの華麗な技巧を思わせる。がこのイギリスの偉大な女流詩人の先達がモダニズムを生き延び、いくつもの段階を経て、一つの豊かで力強い綜合をゆったりとみのらせることができたのに反し、ニュー・イングランドのエミリ・ディキンソンの後裔は成熟への拒否を固く心に秘めて足早に、あたかも「彼女の心臓の音高いピストンによって前へ前へと駆り立てられ」(ロバート・ローウェル)ているように人生を通り過ぎてしまったのである。プラスの心臓の鼓動は彼女の病的に鋭い――「アッシャー家の崩壊」におけるE・A・ポウのごとき――感覚と感受性の徴であるばかりでなく、不断の詩作のハードトレイニングから生じた機械のような正確さ、容赦のない整合性の標識でもあった。

あのひくい轟き、とおくの
あの響きは心臓の拍音、ではなかった、

耳朶にのぼる血液の
ドラムのような熱の連打で

その夜を威圧したのでもなかった。
その音は外側からやって来た。
金属の爆発音
生まれは、まぎれもなく

このしんとした郊外。だれひとり
強打の音が大地をぐらつかせても
おどろき慌てはしなかったが
わたしが来た時からそれは住みついたのだ

その地響きのもとが、あらわになり
ばかげた想像はついに追いちらされた。
メイン通り、銀メッキ工場の

窓を額縁にして、途方もない
ハンマーがまき上げられ歯車がまわり、
立ち停まり、ずしりと重い
金属と木材を垂直に落下して、
骨の髄までつぶされた。白い下着の

男たちは輪になって、休みなく
油まみれの機械を看とっていた、
休みなく、あのぶっきらぼうな
倦むことを知らない事実を看とっていた。[3]

この詩は「夜勤」と題されて『巨像その他』の始めから三番目にのっている。つたない訳詩によってもとの子音の多い英語音を刻み込むようにちりばめた技巧を伝えることはとてもできないが、この現実の不気味な怖しさというテーマ、またそのテーマの二元的な重層的な展開の仕方――遠くからひびいてくる正体不明の物音として表わされた不安と危惧の念、ついで夜の工場に休みなく動く巨大な機械にとり巻かれた人間として形象化された恐怖、そして、この世界は一つの手術室ないし解剖室にすぎないという悪夢のような幻視——はすでにこの詩人の個性をその最良の面で見せているといえないであろうか。そしてまた『巨像』詩集のなかで、この「夜勤」が唯一の秀作というわけではなく、むしろこれを凌ぐ出来映えとして「ハードカースル・クラグス」、「すべての親しい死者たち」、「青銅の蛇」「マッシュルーム」「石」などが批評家の好みを超えて挙げられてもいて、凡作と指摘できる作品を探す方が骨が折れるくらいである。したがってわたしはプラスの詩はその全詩集において、とくに『巨像』と『エアリアル』において全貌を、シルヴィア・プラス自身を表わしているものと理解する。『巨像』は『エアリアル』によってそのイメージの一貫性が照らし出され、『エアリアル』そして同時期の『冬の木立』(出版は一九七一)は、『巨像』ならびにその後の二年間に書かれた『湖水を渡る』(一九七二)によってそのインスピレーションの一貫性がゆるぎなく保証されるのである。[4]

3

最初の詩集『巨像その他』の冒頭に掲げられた「荘園《マナー》の庭」には、次のような注目すべき一行がある。

梨の実はちいさい仏陀みたいにふくらんでいる（*The pears fatten like little buddhas.*）

この梨の実は、さびしい晩秋の古い館の「泉水は涸からび薔薇も散った」庭園のなか、「死の香煙《インセンス》」のように立ちのぼる落葉をやく煙、その「うす青いもやが湖をかき探っている」ようだと感じながら、胎内の子供に「あなたの生まれる日が近づいてくるわ」とつぶやく母になる日の近い女性＝シルヴィア、と共にあることが知られなくても、それ自体で印象のくっきりしたよいイメージであることには変わりがない。ひょうたんのように真中のくびれた洋梨《ペア》は、まずその輪郭から日本語の読者にはだるま大師の置物を連想させる。また「なし」は「無し」に通じ、仏陀は、ある空無、涅槃を説いたので、梨と仏像の直喩《シミリィ》はまことに言い得て妙である。ただ訳したために失われたのは、この比喩の第三番目の連関―― pears と buddahs の語頭音、［p］と［b］は調音的には同じ両唇音であるという音調上の近しさである。

しかしこの一行は以上のような解説やより広い文脈《コンテキスト》の背景を欠いたとしても、その直接的で新鮮なイメージのゆえに詩の愛読者を魅惑する。そして『巨像』詩集はまずこういうイメージの捉え方、メタファの構成の巧みさの宝庫としてあらわれるのである。[5]

解剖室の死体は「焦げた七面鳥のように黒く」（black as burnt turkey,（三つの語頭音はすべて破裂音［b-b-t］、また［bə:］と［tə:］のアソナンス）、また「ガラスの瓶のそのなかに巻貝鼻の赤ちゃんたち、月みたいにひかってる」（In their jars the snail-nosed babies moon and glow）。谷間の町ハードカッスル・クラグスを通過する女は自分の足音が「火打石のように」ひびき、「大気のほくちに点火しそして暗い侏儒《こびと》の田舎屋の壁から木霊の花火をはじき出す」のを感じる。（…the quick air / ignite / Its tinder and shake / A firework of echoes from wall / To wall of the dark, dwarfed cottages.）。星空の下のふくろうは「黄色い瞳の円形競技場《アリーナ》」（An arena of yellow-eyes）、きびしい貧窮に面した若者にとって「太陽は錫の、月は鋼鉄の聖体受皿《パテナ》」（Sun's brass, the moon's steely patinas）、ローレライは「あり得ないほど満ちみちて透明な世界について」（Of a world more full and clear / Than can be…）歌う。「愛の苦しみとその骨折り損。じりじりと海はシャーレイ岬をかじる。祖母は聖人として死んだ。」（A labor of love, and that labor lost. / Steadily the sea / Eats at Point Shirley. She died blessed.）というときの海は幼時の思い出のゆりかごとも見えるが、別の岬の自殺寸前の男の目には「太陽は呪詛のごとく水面を撃った」（Sun struck the water like a damnation）し、「あらゆるものは白紙のようにまぶしく光った」（Everything glittered like blank paper）。童画風のグランチェスターの野で「やがてふくろうは古塔から身をのりだし、野ねずみは悲鳴をあげる」（The owl shall stoop from his turrets, the rat cry out)。二匹のあおもぐらの死骸は「投げだされた手袋のように形くずれして、はなればなれになって——犬や狐の噛みちらしたあおいスウェード」(Shapeless as flung gloves, a few feet apart—— / Blue suede a dog or fox has chewed.)、死んだ蛇は「靴紐みたいにぐたりと」(inert as shoelace) 横たわり、うじ虫どもは「針のように痩せて」(thin as pins) いる。貝拾いの砂浜に死んでいた「かにの頭は銅板画のようにそこに埋められて、骸骨のようにしかめ顔する。それは東洋風の容貌、芸のためにでなく神のためにと、虎の牙に刻まれた武士の死面《デスマスク》」(The crab-face, etched and set there, / Grimaced as skulls grimace : it / Had an Oriental look, a samurai death mask done / On a tiger tooth, less for / Art's sake than God's.) であるが、そのまわりをがさごそ這いまわる生きたかにに対しては「あの爪の下の泥はわたしの足指をつたい流れる泥と同じように気持ちいいかしら」(Could they feel mud / Pleasurable under claws / As I could between bare toes ?) と思いやる。火災に遭った森の宿屋のために「年老いた獣この地に没す」(An old beast ended in this place:) と墓碑をたて、「まだカラクル羊の焦げ縮れた炭をまとう」さまを述べる (wear / Their char of karakul still)。葦の池からの笛の音について「これは死ではなくなにか安全なもの。翼ある神話はもはや私たちを曳きずりはしない」(This is not death, it is something safer. / The wingy myths won't tug at us any more:)。

そして順を追って最後に目のとまった「石」（'stones'）は三行一連の十五連《スタンザ》から成るきわめてイメージの象徴性の高い作品であるが、その最終の二つのスタンザをなす六行の引用をもって『巨像』からの例示の結びとしたい。「愛は私の呪詛の骨と肉。花瓶は、修復されて、あの捕えにくい薔薇のやどりとなる。十本の指は影たちのために盃《ボール》を形づくる。私の繕われた部分がうずく。もうすべきことは何もない。私は新品同様になるでしょう。」（Love is the bone and sinew of my curse. / The vase, reconstructed, houses / The elusive rose / Ten fingers shape a bowl for shadows. / My mendings itch. / There is nothing to do. / I shall be good as new.）

以上の大まかな引用句のリストでもシルヴィア・プラスのスタイルがどんなものであるかを垣間見せる役目は果たしたであろう。まず適確な描写力があった。精密な冷静な観察眼があった。リズムと音色の微妙を聞き分ける耳があった。けれども「あおもぐら」や「蛇」や「かに」は、ヤドーの荘園やグランチェスターの牧場の風景と同じように、ただ単に写生されているのではなく、いつのまにか詩人の内面の光景となっていることに気づかされたであろう。

プラスの詩が『巨像』詩集において最初からはっきりと示していたのはこの「内面化」の手法であった。たとえば現実と見えた自然現象は、内面化された詩人の経験において、非現実の相貌を帯び、ときには異様な硬さ（「夜勤」や「ハードカッスル・クラグス」、まぶしさ（「エッグ岩沖合の自殺」)、また水中の影や煙のなかの姿のようにゆらゆらと定めなく(「ローレライ」「牧羊神」)、というようにその変容を通して、いずれもなんとも言えない不気味さを示し始める。それは、あのポウのように異常な病的なまでに鋭い感受能力と幻覚体験の世界であるとも言える。「石」のなかのメタファーは詩人プラスの本質にかかわり、いわゆる「告白派」的要素がつよいにせよ、むりやり健康にひきもどされ社会復帰をさせられた自分を、こわされて修復された花瓶としてイメージし、愛を呪わしく望ましい薔薇としてこの花瓶にかざしたとき、そしてまた花瓶の体をこわし再建する手、その十本の指の魔術師のような奇怪な働きを示すとき、これらのイメージは「自由連想」のなかの映像のように一から他へ流動し、変転し、シュールリアリズムの世界を現成するのである。このように見てくると、プラスの詩の「内面化の手法」というべきものは、まず外界の強い主観化として見られる。これはふつう抒情と呼ばれるものとは違っていて、ひたむきな憧憬、痛恨のような一色の感情に世界が染め上げられることがごく稀にしか見られず(たとえば「ローレライ」の一部、また「目のちり」の最終連など)、皮肉や機智のような知的反省力もすこし混じるにせよ、もっと奥深い心層心理に根ざす愛憎共存性《アムヴィバレンス》に代表される矛盾対立する二極への同時志向が主要な感情となっている。

このことはまた、前章でみたように詩的イメージの姿としては、現実から非現実へ、そして超現実への変貌としてながめることもできる。その場合、現実—非現実—超現実の方向にイメージを産出する詩人の創造力こそが、はじめに漠然と規定した「内面化の手法」の中核であったことが知られるのである。

4

ところで詩が現実を無化する力によって成立しているとすれば、夢や幻想をみさせる力と詩の創造力とは非常に似ていると言えないであろうか。事実、古代の賢者たちは夢も詩も神からの賜物と考えていた。プラトンは『イオン』の中で、詩人を「詩神の磁石からつり下げられた鎖の輪」――この鎖は本来は自分のものでない磁力を帯びて磁石となり、詩の朗読者をひきつけ、彼は同じ過程を経て聴き手（読者）を魅惑する――にたとえたり、「ミューズ女神の園から蜜をあつめて我々に持ち帰る蜜蜂」――メリ（蜜）、メロス（歌）、メリッタ（蜂）とギリシャ語の言葉遊びに興じているふしもあるが――になぞらえたりして、その霊感を受ける器として強調している。なおこの霊感は、詩人の技巧や努力と対立するもので、詩人は霊感を受けて五感を離脱し正気を失わない限りは詩をつくることはできないと繰り返し述べられている。[6]

こういう事態は今では無意識の世界への受動性として認識され、また現代詩はすすんでその作用に身を委ねさえもする。その結果として産み出された言語は、夢の世界の映像の異様に鮮やかで異様に流動するすがたと共通なものを備えている。つまり言語は、この世紀の初め頃まで本来的と考えられていた明晰な一義的に定義された分節音、すなわち理性の道具であるばかりでなく、曖昧で断片的で錯綜した多義的な夢や幻想の形成力、すなわち非理性、無意識の活動のすがたであることが確認されてきたのである。しかも現代詩においては、その言語の本来性はむしろ後で述べた非理性の開放、夢の形成力の側に求められているのである。

現代詩のいわゆる難解さの多くは、このような非理性の無意識の言語にもとづくと言えよう。そして現代の心理学はその無意識の領域の解明に成功を収め、夢もまた理性の言葉に翻訳が可能になった以上、詩の解釈に夢の解釈の技法を適用してなんの不都合があるだろうか。

実際、夢の解釈は詩のそれよりも古く、人間の歴史の始めにその起源を有する。アッシリアの陶板絵図や前二千年のエジプト王朝のパピルス文書にも夢占いが出ているし、ヘブライでは「創世紀」によると「夢見る人」ヨゼフの活動がくわしい。古代人には夢は神よりの贈物で「覚めては人、眠っては神」という考えが支配的だった。ギリシャでもホメロスからプラトンにいたるまで同じことであった。けれどもアリストテレスになると合理主義的見地から夢の神授説は否定され、「…全く下等な或る人々が未来を了見しかつ鮮明な夢を見る。むしろいわばおよそその本性が饒舌で黒胆汁質の（感じ易い）人があらゆる種類の幻影をみる。」（自然学小論集『夢について』。岩波版二五五―二七四頁）と解説されている。しかし「夢占い」の考察は今でも示唆的である。「夢の巧みな判別者とは類似を考察できる人である。夢の表象像は水中の影像に近似して、もし水中の運動が大きいと、その反映も映像も、実物と何ら似ないものとなる。ちぎれちぎれになり、歪んだものを速やかに明晰に識別し、それが何に属するか（人か馬かそれとも何か）を綜観できる人か、反映を識別できる人である。」[7]

「誰もが自分で夢をつくるだけだ」（キケロ）という考えは以後の西欧文明の主流となり、夢は迷信と魔術と胃の圧迫感という賤しい身分に甘んじなければならなかった。けれども二〇世紀の、深層心理学の発達は夢の復権をうながすにいたった。精神分析を創始したフロイトは夢の解釈においてもめざましい業績をあげた。一九二二年、版を改めて出版された『夢解釈』において、フロイトは精神病の治療法としてだけでなく、もっと広大な人間の心的世界、とくに芸術の創作活動の根源として夢を解釈し得る心理学的技法を示すことができた。彼のこの業績は、基本的には二千年の時を超えてアリストテレスの「夢占いについて」の精神生理学的考えに連関するものと言えよう。

　フロイト以後、文学批評の用語に心理学、とりわけ精神分析の術語がはいり、作家研究に病跡学（パトロジイ）が加わった。ではやはり夢解釈や精神分析の方法を学ぶことが文学研究の最初であるといわねばならないであろうか。わたしにはその答は否定的と思われる。もちろん全く役に立たないというつもりはなくて、まずその方法をまっさきに取りあげると、予想するほどその知識は簡単明瞭ではないということ、またもし無理に簡単に片づけて、ある特定の理論ないし定式を受け入れてしまうと、肝心の詩への応用としてその解釈がめざす正当な客観性を失ってしまうこと、この二つの理由からである。

夢の理論は象徴言語の体系を予想するものであることに違いはないにしても、どの心理学者も理論の細部まで一致しているわけではない。たとえばフロイトとユンクの距離の大きさはどうであろうか。夢の形成力をフロイトは衝動といい、ユンクは元型という。その由来と本性を前者はリビドー、性感帯、無意識の諸概念で説明するところを、後者はコンプレックス、脳の構造、集合的無意識をもってする。夢の目的は一方では欲求充足、他方では補償、…という具合なのである。また文学研究者に魅力的なユンクの「元型」と「集合的無意識」は、戦後、メダルト・ボスの大著『夢――その現存在分析』(一九五三)において、それが作業仮説の概念性にとどめられずユンク自身の手で実体化されてしまったと痛い指摘がされている。またフロイトでは、あまり因果論的説明に依存した力学的な考え方の欠点、したがって目的論的考察、また「倫理的価値」の欠如がつよく批判されている。ではボスの理論は、と解説するのはやめにしておこう。

夢理論はそれ自らのために第一に求めても、詩その他の芸術研究にはむなしい骨折りにしかならない。しかしつけ加えておかねばならないのは、詩作品も夢も狂気も、生じてくる精神の場、人間の心についての知的解明への関心はゆるやかに絶えず持ちつづける必要があるということである。さらに、ある心理学的概念は、心理学者にとって十分に精密な理論でなくても、幅広い広用価値をもつことができるということも注目すべきである。

たとえ十分な理論化に成功していなかったにせよ、ユンクの直観した自己、「それは単一の自我よりも多くのものを含む。自己とは自我であると共に他者である」という自己概念は、他の分野でみのり豊かな成果を約束するようである。

5

その一つにユンク夫人の『アニムスとアニマ』(一九四七)が挙げられる。[8] 自己のうちなる異性として男性性の元型アニムス、および女性性の元型アニマの本質が概観された後、その活動の姿が仔細に描写されるのであるが、とくにアニマがその固有の領域、神話や伝説や各時代の文学のなかで自らを現わしてゆく姿——「白鳥の乙女」、ニンフや水の精、妖精たち——が克明に分析されている。しかもこのアニマ像の分析を通じて、現代の状況で「女であること」の困難さ、問題点が浮かび上がってくる。これは女流詩人シルヴィア・プラスの理解にある明察を投じるものである。

この論文の範囲から大きく逸脱しない程度に、詩人の自己のアニムスとアニマ、対立する二極性についてすこし考えておきたい。プラスの詩はすでに眺めたところからも明らかな通り、生のうちに死、死のうちに生が侵入し、愛と憎は相互の緊張と葛藤のうちにおいて現われた。うちなる異性の対立はそのさらに奥深くこの対立の解消の願望を生み、両性性（ヘルモアフロディテ）の具有願望につながることもある。がシルヴィアにおいては、つねに二極は強く引きのばされ、もつれ合った対立、緊張、葛藤のすがたで現われ、この対立がバランスをとり得る地点としての両性性との同一化願望はほとんど見られない。（それはもしかしたらシルヴィアの愛の奇形を示しているのかもしれない。彼女の愛はつねに近親的であり——父へは圧倒的な愛と憎悪、母と自分の子供たちへは愛憎共存的であるが、夫に対する愛はどう名づけたらよいのかわたしにはわからない。）つまりそこにはエロス的愛が見当たらず、あるいは妻らしい愛が見出されにくいのである。もちろん現実社会でプラスが有能なアメリカの主婦であったか、なかったかを問題にしているのではない。詩のなかで夫の像はつねに父親の像に吸収され、夫の裏切り行為への呪詛は、そのものとしてより、猛烈な父親呪詛の影として表われていることがわたしには問題なのである。プラスの攻撃したもの、その恨みの的は、彼女の父、彼女の夫であったのではなく、その男性性、ユンクのいう「アニムス」の原理であったと考えられる。そうならば夫婦の愛はプラスの心理の根源においては成立不可能なものであったと言わねばならない。夫婦という関係はエロス的愛の実現の場であると同時に社会の一単位として機能するので、結婚において「アニムス」は男性専制の社会的役割を、また「アニマ」は服従的な役割を果たすべきものと期待されているからである。こういう役割を否定する結婚観の危機はプラスの作品ばかりでなく同時代の他の作家にも目立ってきている。たとえば「未婚の母」をスマートな知的女性の愛の成長のすがたとしてとらえたマーガレット・ドラブルの小説『ひき臼』（*The Millstone* 一九六八）がある。彼女はプラスがイギリスに留学したその同じ時期、同じ大学の同じ学寮にいたという。ある時代の風《ツァイト・ガイスト》が二人の上を通っていったのであろう。ともあれ時代の徴候でもある愛の不毛について今はこれ以上追求しないようにしなければならない。

さてこの章は、いま述べてきたような二極性の原理が、プラス自身の認識の方法にどのように反映されているかを概観することによって結ぶこととしよう。まず第一にそれはプラスの作品批評のキーワード「二重性《ダブル》」として現われる。この概念はプラスのスミス・カレッジの卒業論文「ドストエフスキーの〈二重性《ザ・ダブル》〉について」に要領よくまとめられているが、実像と虚像、鏡と水、ドッペルゲンガー、二重人格、影、亡霊、谺、などの二重存在が文学の構成力となることを論じているだけで、その対立はもっぱら真と偽、善と悪のせめぎ合いであって、愛と憎、男性性と女性性の葛藤ははっきりとは出ていない。[9] 第二には作品に表現された二極性である。テーマとして意識的にあがっているのは、あまり数多くはないがすべて重要な作品と評価されているものばかりである。「死体解剖室の二つの眺め」「牧羊神」「ローレライ」「グランチェスターの牧場の水彩画」「不安なミューズたち」などが『巨像その他』詩集から、「他者」「三人の女たち」が『冬の木立』詩集から、「霧中の羊」「葬儀社」「月といちいの木」が『エアリアル』詩集からえらび出されるであろう。こういうテーマに応じて詩形が分裂、ないし二極構造を示すことがある。二つのスタンザで構成されている詩は、しかし、「死体解剖室の二つの眺め」の場合にはきわ立った効果が得られたが、「余波」ではむしろ失敗を目立たせる結果に終っている。『エアリアル』詩集のなかでただ一つの二連形式の「おまえは」では、辛辣な諷刺のきいた調子をうまく助けている。この最後の詩集には形式的には、一定のスタンザの繰返しのさいごに、一行ないし二行の独立した句ないし文がつけ加えられているという詩形が数多くみられる——「急使」「エアリアル」「葬儀社」「メデューサ」「ライバル」「巣箱の到来」「ミュンヘンのマネキン人形」「六月のひなげし」「かなたへ」。しかしこの形はすでに『巨像その他』詩集のなかでも「エッグ岩沖合の自殺」や「さいはての家の隠者」などに見出されるものので、これは当面の両極性と何か連関するとは察することができるものの、なお詳細なことはさらに調べてみなければならない。

異質の観念あるいは映像をもつ語句をそのまま並べたとき、その対照によって双方の差違がよりきわ立つことがある。またときにはそのために双方のあまり目立たなかった面まで浮き上がってくることがある。こういう並べ方の効果をねらったのが「対照的配置」（ジャクスタポジション）と呼ばれる手法である。この配置は現代詩に特徴的で、イェーツにもエリオットにもすぐれた例が多い。プラスにおいては、いま挙げた「死体解剖室の二つの眺め」で第一スタンザと第二スタンザの関係はまさにこのジャクスタポジションである。こういう見方や観点の対照的配置の例をいますこし補足すると、「死の香煙。あなたの日がやってる」、「月はわたしの母。マリアのように甘美でない」「もし血を流すことができたなら、それとも眠れたら！——／もしわたしの唇がそんな傷口と結ばれたら！」「心臓は閉じ／海はひきしりぞき／鏡は白布がかぶせられた」「乾からびて乗り手のいない言葉たち／疲れを知らぬ蹄の音」などが挙げられよう。後の二つの例はプラスの死と同じ月に書かれた作品で、ここでは、観念がすべて適切な形象を得、あるいは同じことだが事物は象徴となり、エリオットのいう「客観的相関物」が現成されている。ここでは「対照的配置」だけが一篇の詩を組み立てている統辞法、詩の文法なのである。

6

以上で観てきたように、詩の言語は、まず聴覚映像と視覚映像においてそれら自身のための効果をもとめて美しいテキスチュアをつくり上げる。が、さらにより大きなより深い経験の統一を、あるいは真の現実を詩に実現するために、眼前の諸事実、日常茶飯の諸経験を一度はアンリアルなものと化すことも見た。詩人の強い主観、想像力はいったんは目前の現実を空無となし非現実と化すが、非現実は非現実にとどまらず、異様に鮮明な色彩と形態で人を突き刺し震えあがらせるような不気味な魅惑の世界、超現実の世界を現成する。

現代詩はそれが真に「現代」の詩であるかぎり、多少なりとこの「超現実」をはらんでいる。この用語は絵画のシュールレアリスムをただちに想起させるが、詩においては私はもうすこし広く解している。したがって、ふつう英米の詩人の間でシュールレアリストと目されるディラン・トマスあるいはシオドア・レトキばかりでなく、わがシルヴィアにも適用するつもりである。もっとも彼女の肩書となっている「告白派」をむりにとってこちらを通用させようというつもりはない。プラスはトマスの影響をスミス時代から受け、レトキにいたってはあまり滲透されすぎて『巨像その他』のアメリカ版からは幾篇かが削除されたくらいであるが、それでも「シュールなシルヴィア」では彼女の本質をうまく捉えているとは言いがたい。絵画の場合とちがって、詩の超現実主義は詩が「超・現実」を宿すための一手段で、より大きい象徴体系の部分をなすものと解されなければならない。

では詩の象徴体系とは何か。3で概観したように夢ないし無意識の世界にも言語と名づけてよい整合的構造があり、それは象徴《シンボル》の言語と呼ばれた。古代の民族宗教が伝えた神話や伝説も同じ言語で語られた。すでに夢・神話など理性の光のとどかない冥《くら》い領域にも、それ自身光である「言語形式」が発見されている以上、同じ非理性の通路からおくられる詩にも、確かな形式、一貫した体系があることは納得できるのではないだろうか。

キャスリン・レインは「ブレイクとイェイツ」という論文の中で「伝統的な象徴言語」の体系があることを告げている。それは近代の科学が脱ぎ棄てた旧い学問ではなく、現代人に欠けている教育、大人になってから失ってしまった感覚、あるいは具体性を超えるものにも知性的に反応できる能力である。この新しくて古い知識体系を学ぶことを勧めてレインはこう言う。「すくなくとも、たとえ詩人はめいめい好みの象徴的テーマを持つにせよ、万人はただ一つの言語を語るということ、つまり同一の鍵で一切が開かれるということを見つけたら、なんと励まされることでしょう。」[10]

ただ一つのキイで一切の詩に通じる象徴の宝庫が開かれるという幸福な予感はわたしにはない。しかしシルヴィア・プラスの詩をざっと読みとばしただけでも、個々の作品を結んでいるある構造の存在は予想できる。それはきわめて個人的な経験や感覚に裏打ちされてはいるが、同時代の、あるいは昔の詩人たちの影響力に曝《さら》されてもいる。「伝統」と「個性」の力関係のなかにプラスの詩を位置づける試みはまたのことにして、ここでは「新しい伝統」としての詩の象徴言語体系をいますこし探ってみたい。現代の代表的詩人、エリオット、イェイツ、パウンドの場合をみると、いずれもこみ入った象徴言語を用いている点では共通であるが、その用い方と象徴の基盤は詩人によって大きく相違する。その相違のためにレインの一つの鍵でなく、詩人の数だけのキイが必要であると思われる。この鍵で開かれた世界を鳥瞰すると、エリオットのは、「ヨーロッパ文学のなかに混入されたキリスト教の伝統」、イェイツのは「かれ自身の『幻視《ヴィジョン》』の啓示」、そしてパウンドのは「ヨーロッパと中国の古典と中世の南仏の言葉の教養に加えてきわめて個人的な経歴」ということにでもなるであろう。

ではいったい何故詩人たちはこんな途方もない努力をするのだろうか。それは彼等が大きな問題に直面しているからである。神を拒否した現代において、宗教に代って詩を王座に即かしめようとの野心を有するからである。新しい宗教としての詩はW・B・イエイツの後期の詩によく現われている。彼自身の言葉によると「私はもともとたいへん宗教的であり、ハックスレイやティンダルが私の幼年期の単純な心情の宗教を奪ったのだ。私は彼等を憎む……しかしいま私はアイルランドの古い話や古い家柄の人々や人間の感情から成り立つ詩の伝統のほとんど不可謬の教会、一つの新しい宗教を創造したのである」。この唯一、聖、公、承伝の詩の伝統を創始するための彼の努力は、年代的にはまずロマンティシズムとフランス象徴派への依拠、つぎに各種の神秘主義、さらに民話、神智学、降霊術、新プラトン主義が加わり、最終的にはこれらから編み出されたおそろしく複雑な象徴の体系の一冊の本、『幻視』(*A Vision*)であった。

この本は占星術やトランプ占いのように馬鹿げていながら興味をそそるので、多数の文学の研究者から寛大な微笑と関心で遇されている現状であり、その多くの術語のうちから「螺旋階段」、「最上階のない塔」、「ジャイアまたは施回形」などだけが一般の批評語のなかに定着したようである。イエイツの高い評価は彼自身の意図とはちがって、親しみやすい抒情の才と母国アイルランドの独立や文学復興のための献身という功績に拠っていて、そういう政治運動や恵まれた保護者や友人たちとの交遊のエピソードを豊富に含んだ自叙伝の出版が、彼の半世紀に及ぶ詩作の解明のための索引となっている事実も見のがせない。

T・S・エリオットは彼におとらず詩に重大な責務を見出し、またその際同じように詩の伝統という言葉を用いたが、その意味内容はひどく異なっている。エリオットの伝統とは、詩つまり芸術一般においては古典主義、宗教においてはカトリシズムである。エリオットが考える偉大な詩は宗教的でなければならない。それは題材として宗教詩である必要はないが、主題には必ず宗教が含まれなければならない。そしてこの宗教とはカトリシズム、正統であり普遍的であり使徒承伝であって、決して異端をゆるさない。異端とは真理をその全体において受け入れないで、真理の一部だけを受け入れるものであるからと言う。こういうエリオットの立場から見ると、イェイツの「誤りを冒すことのできない詩の伝統の教会」は詩人の壮烈な信念を表わすレトリック、私的言語のソリプシズムと見なされてしまうのはもっともなことであろう。

事実エリオットは、イェイツの宗教の大本山『ヴィジョン』の象徴体系を、「間違った超自然の世界、きわめて衒学的で低級な神話」であって、「本当に意味のある霊的世界、本当の善と悪、聖性と罪からなる世界」ではないと断じ、「死に瀕した『詩』の脈に注射して、せめて末期の言葉をつぶやかせるために呼ばれた医者」のようだと手きびしい。けれどもまた真の批評精神の持ち主はイェイツの歿後に一文を草して、彼こそ「個人の歴史がそのまま同時代の歴史であった数少ない人の一人、われわれの時代の意識、時代精神そのものであり、その存在によってはじめてこの時代が理解されたものとする人」という評価をおくった。

だがエリオットが指示したカトリック教会もまた万人に普遍でなく、その不可謬性を認められることはますます少なくなっている。この二人がめざしていた「詩＝宗教」はそれぞれに問題があり、困難がある。しかしここに露呈された問題はとりもなおさず詩の永遠の課題であり、「公と私」「伝統と個性」「聖と俗」「健全と狂気」というような相貌のもとに現下の詩の状況を照らし出すのである。

そしてこういうコンテクストのなかにシルヴィア・プラスを置いて改めて考えてみると、彼女が何をしたかが判然とするのである。彼女にも詩人の自覚とともに「詩＝宗教」の要請が感じられていた。しかしこの理想は、きわめてユニークな形で、狭いきびしい門を通って現成された。エリオットやイェイツ、あるいはパウンドのように客観性のある象徴言語体系をつくるのではなく、純粋に主観的に個人的になる道、内面化への志向を貫くことによって、小さいが驚倒すべき力を秘めた一つの象徴体系を実現したのである。そしてその際陥りがちなソリプシズムの危険をまぬがれたのはわたしの見るところではプラスの徹底的な受動性である。この受動性とは古代の人が詩人の霊感と名づけたもの、プラトンの言葉では「ミューズ神の庭から蜜を運んでくる蜜蜂」性であり、またローウェルが『エアリアル』の序文で語った「なにか想像的で、新しく、荒々しく、微妙に創造されたもの……あの超現実で眠りを誘う偉大な古典的女主人公のひとり」つまり「女性性《アニマ》」である。彼女の詩が血潮の赤と死の黒と白に充ちているのも不思議ではない。彼女は現代のカサンドラ、不気味な白骨のフードを被ったミューズの巫女なのである。プラスの反知性的な詩の性格は、知性の欠如ではなく知性を超える世界、非理性を含む広大な「超現実」界の風に身を曝《さら》しているものの姿なのである。そこで言葉は一義性から解体され、多義的に曖昧になり、象徴的にならざるを得ない。

7

「超現実」の世界からの風に身を曝《さら》して、プラスは人間の精神の外れの外れまで歩みつくしてしまった。その場所は三島由紀夫の『鏡子の家』のなかの画家が「人間の縁《へり》」と呼んだ地点であった。もし魂とか霊魂の存在が信じられたら、「それは人間の内部の奥深くにひそむものではなくて、人間の外部へ延ばした触手の突端、人間の一等外側の縁《へり》でなければならない。その輪郭、その外縁をはみ出したら、もはや人間ではなくなるような、ぎりぎりの縁でなければならない」と言うこの画家の言葉は、プラスが抱きつづけた精神の辺際、さいはての光景と何と似ていることであろう。[11]

そしてまた実際、プラスの詩の原光景がまざまざと露呈されたさいごの数篇の詩の一つは「縁《へり》」（Edge）と題されているのである。

不安なミューズの漂う風景

1

シルヴィア・プラスが書いた詩はかなりの数にのぼると推測されるが、それらの草稿の大部分は詩人の不慮の死のために発表されずに大西洋の両岸に残されている。ケンブリッジ留学以前のものは家庭への夥しい手紙と共に詩人の母親の許に、そして最終的にスミス・カレッジのプラス・アーカイブズとして、それ以外のものは夫だったテッド・ヒューズとその姉オルウィンの管理下にインディアナ大学のリリー・ライブラリーに収納されていて、それぞれの一部が出版されているに過ぎない。

いま、シルヴィア・プラスの詩集はロンドンのフェイバー社から薄手の四冊として流布しているのみで、合本にもならず、全詩集の企画も耳にして久しいが、まだ現時点、一九八〇年においてで実現されていない。最初の詩集『巨像その他』は一九六〇年十月ロンドンのハイネマン社から出版されたがこれは詩人自らの手で編まれている。[1] しかし他の三冊、『エアリアル』(一九六五)、『湖水を渡る』(一九七一)、『冬の木立』(一九七一)は詩人の死後の出版であって、これによって得られたシルヴィア・プラスの盛名は、もちろん高い詩質とユニークな詩境によるものであるとは言え、テッド・ヒューズの編集の意図と手腕によるところも大きいと考えられる。[2]

テッド・ヒューズとシルヴィア・プラスの共生は、夫と妻、二人の子の親という身内の関係の他に、詩人と編集者という役割分担もあったとみられる。この詩人—編集者の役割は二人の間では相互的であって、結婚当初は、プラスの方が多く雑誌に採用された経験を生かして、まだ無名のヒューズの原稿をタイプして方々の出版社に送ったり、文学賞に応募したりなどよく手伝ったらしい。プラスが亡くなったとき、ヒューズは別居中だったが、残された草稿の山から上述の三冊の珠玉の詩集をつくり出した他、ショート・ストーリーや散文を集めて一冊にまとめたり、研究書に寄稿するなどプラス紹介の労をとり続けている。[3]

ヒューズのこういう紹介活動は、しかし、研究者の立場からは必ずしも積極的にだけ評価しがたい。彼の編集方針は、客観的テキストを送り出すのではなく、彼の詩人としての眼、また夫としての配慮から取捨選択のなされた作品のみを公表するのである。我々の手許に届けられたのは、いわば、ドラマチックに演出され盛り付けられた料理なのである。それはそれでプラスの名を印象づけるという働きは果たしている。しかし愛読者であるがためにいっそうの研究者を志す者にとっては、全資料が公開され、厳密な本文批評の作業が行なわれて、信頼すべき作品集の出版される日が待望されるのである。

基礎である資料研究を欠いている現状では、シルヴィア・プラスを読むことはかなりの誤解や無理解の生じる恐れなしとしない。しかし同時代を生き、学問、芸術、国際関係、さらに社会人としての生き方のうちにも同じ問題意識を感受していた仲間として、その複雑多岐な経験の諸相を詩の言語に定着させることに成功した先人として、彼女の残した作品は、それがよいテクストであろうとなかろうと、一刻もはやく、今のうちに読む必要があるとわたしは思う。

諸経験の総合として詩をみることはプラス自身も言明しているが、この経験の総合としての詩という立場からみると、プラスの詩の頂点に『エアリアル』を置き、また『冬の木立』をそれと重ねておいて、『巨像その他』をそれへの出発点、『湖水を渡る』を過渡期として、という具合に位置づけることには疑問なしとしない。制作年代的にも、ヒューズが各詩集のはしがきに述べているような截然とした区分よりも、かなり重なり合う部分があることがすでにパーロフによって指摘されている。[4]『巨像』はたしかにいかにも若く意欲的な詩人の苦闘の跡という印象を与えるが、『湖水を渡る』はテーマの拡大と技巧の柔軟さにおいて変化に富む一巻を成しており、『エアリアル』とはまた別の魅力を備えている。ところが『冬の木立』は、「三人の女―三声のためのドラマ」を除くと、ひび割れ、こわばった作品が多く、『エアリアル』の中の度を越してゆきづまった感じの詩行と共通の欠点を認めざるを得ない。

プラスの詩は、『エアリアル』中の「死の前の九ヶ月」に書かれたものを最高とするという見解は、私には一面的に過ぎると思える。

「血の迸りこそ詩、だれもそれを止められない」(「ご親切」)はもはや叫びであって、詩を超えている。[5]「私たちの生よりも活きいきした生命、死よりもなおどっしりした安息」(「彫刻家―レナード・バスキンに」)にいたるたゆみない詩作活動の結実は、不安のミューズの襲来でむざんに断たれてしまった。もとより詩作は詩人の創作活動であると同時に、古来言い慣らされているように霊感の訪れという受動的な面もある。しかも霊感の訪れは、詩人の祈り通りに美しい詩行を与えるとばかりは限らないで、かえって不安と苦痛に誘い込みもする。

プラスの誕生のゆりかごを訪れて来たミューズは、不吉な不気味な妖精だった。『巨像その他』の中の「不安なミューズたち」と題された八行一連の七連から成るバラード体の詩において、プラスは、この存在をデ・キリコの同題の画の女人像――真中に縫い目のある卵形の目鼻のない頭部をもった姿――と結びつけ、幼時の父の死、また母や友達の「みどり色の風船のよう」な陽気な世界からの孤絶感をきびきびしたタッチで描いている。[6]

日ごと夜ごと私の頭や脇や足もとに
石のガウンのミューズたちまんじりともせず座り込む。
私の誕生の日さながらぼうっとうつけた顔をして、
照り映えもせず沈みもしない
夕日を浴びて長い影をひいて。
ここが母さまがわたしを産んで下さった国。
母さま、でもこんなお連れといっしょでもわたし
眉ひとつ動かさず耐えるでしょう

テッド・ヒューズの説明によると、プラスは幻視をみる能力があって、この奇妙なミューズは実在して、「髪は一本もなく白く荒々しく白骨のフードをかぶり、アンリ・ルソーなどの風景画のように風景の中を漂い、ある楽園の燃えるように明るいヴィジョンである――と同時に死のヴィジョンでもあった」。そして、私たちの普通の言葉では、神経症の患者の世界である

と言うであろう。超能力かそれとも病気か、その両方か、両方でもないのか、実生活のプラスの姿を固定する必要はない。ただ詩神はプラスに苦悩を与えたが、詩作はそれとの苦闘であった、とわたしは結論できればよいのである。そしてこのバラードは、淡々と何気ない物語風の語り口をもって、プラス個人の苦悩に距離をもたせている。ロバート・ローウェルの「スカンクの刻」がすぐれた告白詩であると言えるのと同じ意味で、この「不安なミューズたち」もかなりすぐれた告白詩と呼べるのではないかとわたしは思う。[7]

『エアリアル』詩集中の「ダディ」や「ラザロ夫人」の方は「告白派」の代表詩のごとく喧伝されているが、ここでも、詩人の強い自殺衝動や被害妄想にははっきり距離が置かれていて、「不安なミューズたち」のバラード体と同じく、「ダディ」ではナーサリイ・ライムの即物的な調子で烈しい愛憎両存性に輪郭が与えられ、「ラザロ夫人」でもポピュラーな「鬼女」(ティース・マザー)伝説の型にのっとって効果をあげていることを指摘しておきたい。

プラスの詩を知るためには、現行の四詩集に頼る他はない。しかしその全貌を掴むためには、ときには各詩集の枠組をはずし、また詩風やテーマの年代的変化のあとを追うこともあえてしないままに、各作品を、作品内部の連関においてのみ関係を辿って、読み進む必要があると考えられる。この論稿では、「ハードカッスル・クラグス」、「嵐ヶ丘」、「霧中の羊」の三篇をとりあげて、上述の考え方に基づいて比較検討を試みた。この三篇はヨークシャー州西部の起伏に富んだ荒野（ムア）とそこで草をはむ羊の姿およびデヴォンシャーのダートムアの風景、いずれも荒野を題材とする。

2

ウエスト・ヨークシャーの荒野は、広漠とした起伏とその上を絶えず吹きまくる風の強さで、文字通り「嵐ヶ丘」として、そこを訪れる人に忘れ難い印象を残す。その荒野に生育した人を夫とし、その夫の家族とクリスマスを過ごすためにこの地にやってきてしばらく暮らすこともしたシルヴィア・プラスにとっては、ここの風景は強烈な、ほとんど激烈と言える程の反応を惹きおこすものであった。

上述の三詩は、したがって、まず風景をうたった自然詩であるが、詩人プラスのきわめて個人的な経験と感情を通して描かれた自然詩であり、その風景は内面化されて〈内景〉(inscape)となっている。

もともとシルヴィア・プラスにとって、自然の風景は第一に海、大洋であった。「わたしが目に浮かべる海の姿こそ、わたしの持っているものの中でいちばんはっきりしていると思うときがあります」と幼時を回想したエッセイの中で述べている。この話の冒頭は「わたしの幼時の風景は陸地ではなく地の果て、冷たい塩からい大西洋のゆれ動く波の山々でした」という言葉で始められている。ボストン湾にのぞむ海辺の町ウインスロップで育ち、よく遊びに出かけた祖父母の家は湾の南に突き出したポイント・シャーレイの海岸にあった。「海岸を歩いていないとすれば、波の上か下かどちらかにいたものでした」という具合で、泳ぎもごく自然にひとりで覚えてしまったプラスだった。[8]

「わたしの幼時の海景が、ではわたしの変化と荒々しさへの愛をもたらしたのでしょうか。山々はわたしを脅かします——山はただじっと坐っていて、高慢です。山の沈黙はまるで大き過ぎる枕のようにわたしを息づまらせます」

　先ほどのエッセイの冒頭の言葉の中にみたのと同じ海と山の対照、または対立、これはどういうことなのだろうか。幼時の全記憶をひたすら海について語りながら、プラスは何故、山や野についても言及しなければならないのだろうか。何故、「幼時の風景は海でした」と直截に言わないで、「陸地ではなく」とわざわざ否定にしたり「波の山々」というような修辞句を用いたりしたのだろうか。

　二つの答が考えられる。一つは「風景」という日本語では隠されているが、もとの語は landscape すなわち「陸・景」を意味する。もっとも語源的にそうであるというだけで、一般には山も野原も川も海も含めた風景として用いられている。がプラスは、詩人の常として言葉の創生されたときの力に、従って語源の意味や音形に特別敏感なので、その「陸」のイメージにしばらく滞留せざるを得なかった、と解される。いま一つは、このエッセイ全体は、夫テッド・ヒューズの「岩」を念頭において書かれていた、とみる見方である。事実、「岩」は彼女の「OCEAN 1212-W」に先立って、一九六二年夏BBC第三放送の「詩人は語る」というシリーズ番組で放送されている。ヒューズはその中で詩人の形成と自然との関わりについて触れ「風景はわたしたちに貴重です。ただ単に地水火風などの四大の力がそこに現前しているからというだけではありません。この四大の要素と、風景が我々に鼓吹する感情との出会いのためでもあります」と述べている。さらに自分の生い立ちの中でヨークシャーの自然の演じた役割について、二つの自然、岩山の与える暗さ、圧迫感、閉鎖性、死んだような気分とそれに反して荒野の与える明るさ、興奮、さばさばした晴れやかな気分という対立のなかで、自分がいかに岩山を憎みつつ、遙かな地平線の横たわる広野にいかなる憧憬をもって向かっていったかを語っている。[9]

プラスは、ヒューズは自分に大自然を紹介してくれた人という言い方をしているが、たしかにプラスの自然との関わりの意識化、自覚の過程は、ヒューズのそれに負うところが大きかったと見てよいようである。

荒野のうちに、岩山の与える絶望と地平線の与える希望という二種の感情を経験したテッド・ヒューズのように、大洋はシルヴィア・プラスにとって「たくらみのある女人」のように底知れず、愛憎両存的に思える、「それは秘密をいっぱい匿していました。いくつもの顔を持ち、いくつもの繊細で恐ろしいヴェールをかけていました。不思議な出来事や遠い遥かな国について語ってくれました。海はあなたにやさしく言い寄りもしますが、でも殺すこともできるのです。」

ともあれ、海こそプラスの自己同一性確保の場であった。そして陸は、それに敵対する他者であった。陸はプラスにとっては決して自己同一性の感じられる場所ではなかった。生育史的に見て、そうであることはプラス自身の「OCEAN 1212-W」が語る通りである。

またさらに、プラスの自己同一性の探究と発見の過程は、そのまま詩人のペルソナの形成と確立の過程であった、と言える。幼年期においてプラスが経験していた海との自己同一の深い感情は、プラスがはじめて詩と出会ったときの思い出のなかにもはっきりと認められる。

「冷たく深い白砂の広がる洞穴、
そこには風が吹き荒れることもなく
微光が震えながら光り、
……

そこには海蛇たちがとぐろを巻いて
よろいを乾かし心地よく水にひたる、
そこには巨鯨が悠々と訪れ
眼を開けたまま泳ぎ続けて
七つの海を永遠《とわ》にめぐる。」(皆見昭訳)

マシュー・アーノルドの「孤独な人魚《マーマン》」の一節を、母親がプラスと二歳半ちがいの弟ウォレンとに読みきかせたときのことを彼女は終生忘れなかった。[10]「肌に鳥肌が立つのを見ました。何故かは分かりませんでした。寒気でもなく、幽霊が通っていったのでしょうか。いいえ。詩だったのです。アーノルドから火花が飛び散ってわたしの総身を震わせたのでした。とても奇妙な気分で泣きたいくらいでした。ああわたしは今まで知らなかったしあわせになれる道にはいり込んでしまったのでした」。

異常に感じ易い早熟な文学的資質に恵まれた子供がそこにはいる。しかし、壮年の回想のうちで「アーノルドの火花」と表現されたこの経験の正体は、いったい何であったのか。

見捨てられた悲しい男の人魚の運命への同情でなかったことは、上述の引用からも明らかである。ここには人魚についてのストーリイは何もない。深海に横たわるひっそりした洞窟とそのまわりを遊泳する海の生物の描写があるばかりである。ではいったいこの描写の何がまだ幼いこの子を動かしたのであろうか。

その理由の第一は、言葉そのものに求められる。ナーサリイ・ライムのような底深く重いシラビック・リズム、そこに縫うように見え隠れして表われるいくつかの特定の母音の響き、この詩の音形のレベルを調べてすぐ気づくのはこのことである。特に、行末のカプレットや行中韻に繰り返される「イー」音、「アウ」また「アィ」の音、また頭韻の「ウ」音などは、水底の世界の描写において、いちじるしく言葉の象徴的機能をたかめていることが認められる。

理由の第二は、海底のあやしい美しさを鮮やかに現成させる想像力の豊かさに求められる。普通の生活とはかけはなれた「不思議な国」を、あたかもそこにいって目前に見るように活きいきと叙述することは古来、詩人の役割であったが、この一節でも、それはみごとに果たされている。けれども、アーノルドのこの一節の想像力は、知的抑制力に富み、綿密な描写に終始しているので、はなやかさはみじんもないことは注目に価する。ここには「竜宮城」の壮麗さ、「鯛や鮃の舞い踊り」の美しさはないのである。幼児のよろこぶ奇想天外もない。「海蛇」と「巨鯨」の姿がそれに近い想像力をかき立てはするかもしれない。しかし「海蛇はとぐろを巻いたりくねったり」、「巨鯨は……泳ぎ続け」と観察の言葉で地味に述べられているばかりである。「眼を開けたまま……世界中を永遠にめぐって泳ぎ続ける」という鯨の姿にはある強い象徴の働きが認められはするが、今はこれ以上この問題に立ち入らないことにする。海底の静かですべてが透明な世界、これがアーノルドを通して幼い詩人の魂に印象づけられたのであった。

以上の二つの理由は、文学作品の与える感動の質の面から考えられる答である。しかし、アーノルドの「人魚」の詩がどれほどの傑作であるにせよ、幼いプラスがその火花に刻印されたというほどに異様に感動した原因は、アーノルドの詩以外のところにもあるに違いないと思われる。そしてそれはわたしにはプラス自身の側にあると考える。彼女があのように感動したのは、実はプラス自身が詩を発見したからである、と言えよう。プラス自身の詩とは、プラスが求めていた世界の「知り方」と、それによって得られる「満足」と言い換えることもできる。

まだやっと這い歩きを始めた頃、海辺に連れてゆかれたシルヴィア・プラスは、母の手から波打ち際におろされるやいなや、いきなり寄せてくる波めがけて這い始め、あやうく波に呑まれかけたことがあると言う。このエピソードを紹介しながら、彼女はその後ずっと彼女の前に立ちはだかっている「みどり色の（波の）ガラスの鏡」にふれ、「なんとかしてあの鏡の裏側に突き抜けて進むことができていたら、どんなことが起こったかしらとよく思うのです」と洩らしている。鏡としての海はプラスの詩によく見られるイメージであり、コンセプトである。が今、ここで問題にしなければならないのはその鏡の裏側の世界、すなわち水底の世界への関心とその関心の持ち方である。見えている世界ばかりでなく、見えない、見ることのできない世界への好奇心は人間のどんな子供にも共通する。鏡を見た子供はその裏側を見て「ない」と言う。しかしプラスは水鏡の裏を探ることを断念しなかった。

未知の不可見の世界への探究は、プラスの場合には、生涯の始めの波打ち際のエピソードが示しているように、全身の企投による参画、恐れを知らない冒険心によって特徴づけられる。自伝的小説『ベル・ジャー』のヒロイン、エスターの男性遍歴や山中で始めてのスキーでいきなり無謀な滑降をして骨折してしまう話など、もちろん誇張された戯画のなかではあるが、プラスのこのいささか無分別な「がむしゃら」とでも評するべき、そして無器用な一途さを伴った行動傾向をよく示している。そしてそれは、プラスに特有の未知の世界への参入の仕方であり、また認識の方法であると解さねばならない。

ところで、こういう知り方ではなく全く別の方法がアーノルドによって啓示されたのである。あの詩が差し出したのは「みどり色のガラスの鏡」の背面の世界、不可視の水底の国の景色に他ならなかったのである。「外界の光のほとんど薄れてかすかに震えるきらめきとなり、ゆれる藻の影と見分けがつかないところ、海蛇がのびやかに身をくねらせ、鯨が悠々と、眼を開けたまま、いつまでも泳ぎつづけるところ」、こういう不思議な沈黙と透明さをたたえた国への憧憬はたしかにプラスの全詩作を貫いている。「ローレライ」では水のニンフたちは「とてもあり得ないほど豊かで透明な世界」について歌っている。ただ、後年の神経症的自殺念慮の影の中で、この水底の世界は死と結ばれ、またそれに対する態度も単なる憧憬から愛憎両存的な複雑な皮肉な色合いを帯びるにいたる。

シルヴィア・プラスに詩の本質を啓示し、詩による認識の方法を指し示したということ、これこそ「アーノルドの火花」の本体であった。しかしさらにまた、プラスにおける詩人形成の原点となった当の詩が題材に海をとり、海底を想像的に描いた詩であったという事実は、彼女にとって「詩」と「海」とは、はじめから密接に結びついていたことを証している。たしかに、彼女にとって、詩作とは海を回想のうちに生きることであった。幼年期における詩人の出発と形成過程を語る「OCEAN 1212–W」が終始、海の回想であり、それが単に海辺の生活の楽しみや恐れの思い出にとどまらず、プラスの自己同一性探究と海との深い関わりにおいて示されていることは、プラスにおける詩と海との根源的な連関を証明する。

3

海を回想のうちに生きることが詩作であるとわたしは言ったが、実際にシルヴィア・プラスがこのことを自覚するのは晩年、といっても彼女の三十年の生涯の最後の九ヶ月の頃ではなかったかと思われる。2で考察した「OCEAN 1212–W」はこの時期に属している。ここで彼女は詩の原点として海をとり、同時に陸を拒否している。「陸ではなくて」海、こそ自分の風景であると強調する。海は自分にとってなつかしく愛すべきもののすべて——「息」であり、やさしい「声」であり、贈物をしてくれる存在であり、それに反して陸はその不動性と高慢さと沈黙の故にも、いとわしい存在であると言う。

この海と山という二項対立は、単に好ましい風景か否かというような趣味の問題としてでなく、詩人の存立そのものにかかわるような切実さを帯びた問題として言われている。それは、詩の原点として海だけをとって他の項を棄てるということである。自己同一性を海にだけしか感じないということである。

シルヴィア・プラスは何故「陸」に対して身を鎖したのか。海で感じる自由を何故、「荒野」では感じることができなかったのか。野を吹きわたる風に何故、海と同じような「息」と「声」を感じることができなかったのか。「OCEAN 1212-W」で言及されている「陸」とは、すでに見たように、テッド・ヒューズの故郷の自然であり、そのうちでもとくに岩山であると解釈できる。そして「岩山」はヒューズには抑圧と支配の父権のシンボルであり、彼の呪詛と反抗の対象であった。プラスの「陸」ないし「山々」は、「岩山」のように抑圧的だが抵抗の対象ではなく、ただ恐怖の的となっている。しかもヒューズの「荒野」に匹敵すべき解放感を与える相貌は「海」のどこにも強調されていない。ヒューズにおける岩山—荒野の二項対立はダイナミックな関係にある。しかしプラスの陸—海の対立にはそういう活発な相互関係はみられない。

けれどもわたしは「OCEAN 1212–W」に時間をとり過ぎたようである。このエッセイはたしかに詩人の全作品へのすぐれた解説となっているし、またこれ自身「海」を自分のうちに生かすための一種の呪術としての詩であるとも言えよう。しかし、今は、この詩的エッセイの中心の語「海」に先立って措定されていた「陸」をたよりに、「陸」の詩にゆかなければならない。けだし、各々の作品を、作品内部の連関においてのみ関係づけて続んでゆくことがこの章の目的なのであるから。

では、「霧中の羊」からみてみよう。[11]

山々が白さの中に入ってゆく。
人々、それとも星たちが
悲しげにわたしを見守る。わたしはかれらを失望させる。
汽車が一筋のため息を残す。
おお　おそい

赤錆色の馬

蹄の音、悲しげな鐘のひびき——
午前中を通じて
今朝は暗さを増していった。

一輪の花が咲き残った
私の骨は静けさを保つ、遠い
野原は私のハートを融かす。

かれらはわたしを脅かして
ひとつの天に送り出す
星もなく父もない、ある冥《くら》い水中へ。

第一連で「山々が白さの中に入ってゆく」は霧に包まれてゆく風景の描写であるが、「入ってゆく」とこちらから向こうへ遠ざかるという言い方は、ただ山の擬人化というより、その光景を目前にしている誰かの感じ方であると言わねばならない。誰か、とは「わたし」で、そのわたしは何者かに「見られ」、罪の意識を感じている――「わたしはかれらを失望させる」。「人々、それとも星々が（この詩の最終行では星は父と何か関連のあるものとして用いられている）悲しげにわたしを見守る」では、人と星というかけ離れた存在を無雑作に「～それとも～」で結びつけた語法の大胆さが、この霧の世界の中ではかえってよく状況に似合っている。そのためか、この連の終りの「わたしはかれらを失望させる」がいったいどういうことを指しているのか分からないままに、ただすべてをおおう霧の存在を感じて一応の納得に達するのではないだろうか。

第二連と第三連では汽車が描かれる。第一連と同じように「主語＋他動詞」の型が守られ、走る汽車は「一筋のため息を残す」と老人のイメージで表現される。この老いて苦しげな様子は次の行で、「おお、おそい、赤錆色の馬」となりその「蹄の音は（葬列の）悲しげな鐘のひびき――」と強調される。この苦しい暗い気分の漸増は、さらに「午前中を通して、朝は暗さを増していった」という句に引きつがれる。が、これらはその日の天候に言及したのであろうか。第一連目の結句の「失望させる」の余韻、喘ぎあえぎ進む列車から葬列の馬の連想、などから、どうもそれだけではないように思える。そして第四連目の始めの一行は、前の連に続いて、「一輪の花が咲き残った」とくらい気分を逆転させているが、この「花」は現実の野の花であると同時にそれ以上の何かを象徴していると思われる。つまり、愛あるいは希望の象徴であるように思える。しかしまた、その暗い朝の事件に関係のある人物かもしれない。そしてその人物は「わたし」であってもよい。しかし、その解釈は次の二行の読み方からは支持されない。「わたしの骨は静けさを保つ、遠い／野原は私のハートを融かす」「わたし」がここでは解体されて、骨と心臓になっている。荒野はその広漠と沈黙でわたしを圧迫し脅かす。わたしは死にそうに怖い、こう解すると、第五連に自然につながる。

第五連の始めの「かれら」は直前の「野原」と解される。ただし野は遠い野原であり、地平線であり、空でもある。この大きな自然の中にわたしは呑み込まれそうになる。その恐怖感が自然はわたしを「ひとつの天、星もなく父もない、ある冥《くら》い水」の中へ投げこもうとする、という表現の成立となる。父―星―冥《くら》い水―天という語の連なりはプラスによく見られ、その各語が独自の内包を持つと共に、他の語との結合のされ方によって異なる象徴としても機能する。しかしこの「霧中の羊」においては、荒野の風景が正面に据えられていて、作品中の実詞――丘、野、星、花、列車――はすべてその風景のなかに見られるものとしてまず理解される。その風景の上全体をおおって流れる霧も現実の風景であって、ターナーの風景画の画題にひとしい。したがって最終連の父―星―冥《くら》い水―天という一連の語のイメージは各語の外延の総体と同じである。ただ、「冥《くら》い」はこの風景の置かれている時刻が夜明けか夕暮か、いずれにしても「時間」内存在であることを示している。

霧の流れるデヴォンシャーの荒野の風景が、たしかにそこに在る。ターナーのように絵具をもってしてではなく、言葉をもって作られた世界のたしかな手ごたえ、実在感がそこにある。しかしその実在感は、ただある風景についてのものなのだろうか。あるいは、すでに気づいたように、闇と光の交代する時間のなかの風景——印象派の画家たちが志したような——についての実在感なのであろうか。

わたしにはただそれだけではないと思える。霧は詩人のペルソナ、詩人の意識の形を表わしている。霧が流れる、と先程からわたしが言っているのも実は、詩中の霧のふるまいに意識の流れを認めることが出来るからに他ならない。もっとも意識の流れという言い方には特定の文学上の流派の手法がつきまとうので、避けた方がよいのであるが、「主観」や「ペルソナ」よりもこの場合の作者の位置に近いので、敢えてこう言ってみたまでである。霧の流れの下の非現実の世界とその実在感、それがこの詩のテーマである。

非現実とはどういうことを指すのか。ここで冒頭の「山々が白さの中に入ってゆく」「人々、それとも星たちが…見守る」に再び目を留めてみると、ここに或る覚醒の状態、何か強い感情に捉われて一種の忘我の状態にあったのがやっと我にかえって、周囲の事物に気づき始めた、とでも言うような、ぼんやりした覚醒の状態が表われていることが認められる。その強い感情が何かはよく分からないが、悲しみとも憎しみとも恨みとも区別のつかないような絶望的な気分である。悲しみ、憎しみ、恨み、それに疲労感の交錯する絶望的な気分という未分化の感情こそ、しかしこの荒野をつつむ霧なのである。詩人はその感情からやっといく分か解放されて、その外へ目を向けようとする。けれども目に映る外界もまた自分に背を向け、離反してゆく。「わたしはかれらを失望させる」は実は「わたしはかれらに期待を裏切られた」「約束を破られた」と読めてくる。

この荒野ではすべてがこの失望のしるしを帯びてくる。走る汽車は老いた赤錆色の葬列の馬車となり、広々と開ける地平線は、希望でなく脅威——空白の天空に詩人を巻き上げてさらってゆくという恐怖——を与えるばかりである。大空は父なる神、あるいは神なる父の家ではなく、なつかしい故郷でもなく、ただ巨大な空無、暗黒の空間である。

無限の空間の与える恐怖、これについては私たちはすでに何人もの詩人哲学者の発言を知っている。そして今またシルヴィア・プラスによって、デヴォンシャーの霧の野面の羊の質朴な震えおののく感受性をもって、その神秘と恐怖の詩を得たのである。G・M・ホプキンズは信仰と修辞の力で、この圧倒する空間を「神の壮麗さに充満」するものとして表現できた。かれのインスケイプと同じような美と正確さと力を、プラスは信仰も修辞もなしに素手で求めていたように思われる。「霧中の羊」はしたがって、きわめてパーソナルな色彩をもった形而上詩ということができよう。

4

「嵐ヶ丘」では、この無限の空間の与える恐怖、人間の小ささと儚なさ、疎外というテーマがもっと個人的なドラマを底に秘めて展開されている。[12] そして、もちろん、嵐ヶ丘の風景が夕ブローを成す。エミリー・ブロンテの「嵐ヶ丘」とは精神上の相似は何もない。母親宛ての手紙では、ヒューズの実家に滞在中ブロンテのゆかりの地を訪ね、帰りに道に迷って荒野を彷徨したことが報じられてはいる。この詩の風景は夕方である。九行を一連として五連より成る詩なので、全体を紹介する訳にはゆかないが、前述の「霧中の羊」との脈絡をまず辿ることにしよう。

地平線はわたしをたきぎのように囲繞する。
首をかしげ絶望的、そして常に不安定
マッチが点けられたら、たきぎはわたしを暖めるかもしれない。
そしてそのか細い線は大気を

オレンジ色に焼きつけるかもしれない
たきぎが留めつけた遠景が蒸発する前に、
淡い空をより堅固な色で重くしながら。
けれどたきぎたちはただ消失に消失をかさねるばかり
一連の約束のように、わたしが前に踏み出すとき。

「地平線」は前述の詩の中の「遠い野面」と同じであるが、「嵐ヶ丘」では大地と空との境域である点に強調がある。その「地平線」が「わたしをたきぎのように圍繞する」とは、第一には広漠とした野の中に点在する「わたし」を含めた風景として解される。しかし、「圍繞する、取り巻く」という動詞の特異さがきわ立って、叙景ではなく「私」の内景の描写であることが察せられる。

「山々は我等をかこむ」は文学語の伝統のうちでは保護と安全の表現であった。たとえば旧約聖書の詩篇一二四、「主により頼む者は動かさるることなく永久に存する。シオンの山の如し。山々はイエルサレムを囲む。かく主も今より永久に、御民を囲み給うなり」(Qui confidunt in Domino, sunt sicut mons, qui non commovetur, qui manet in aeternum. Jerusalem circumdant populum suum, et nunc et in aeternum) などは、その語句に秘められた気分の代表的なものであろう。あるいは同じ詩篇一二〇、「我山々に向いて目を挙ぐ、援助《たすけ》は何處《いずれ》より来るか。わが援助《たすけ》は天地を造りし主より来たる」（Atollo oculos meos in montes! unde veniet auxilium mihi ? Auxilium meum a Domino, qui fecit caelum et terram）も、確実な保護者、救援者なる神の姿が山に結びつけられている。

しかし、この荒野では、希望の置かれるべきところに絶望が、解放感のかわりに拘束感が腰をすえている。地理的、位置的な「取り囲む」（surround）ではなしに、締めつける金具のふるまいをもった「輪でしめる」（ring）がここに選ばれていることは、したがってそれだけ非常に強い否定的な力にがっちりと抑えこまれている状態をよく伝えている。ただ「輪で締めつける」というときの硬い抵抗しようのない感じは、次の「たきぎのように」という直喩によって、さらに別の方向に展開されてゆく。「たきぎ」とは地平線をふちどる木立の枝をさして、実際に觸目の光景であるが、生きた木ではなく、燃料としての枯れ木を見てしまうのは「わたし」の絶望的な気分の故である。

この冒頭の一行は「リング」と「たきぎ」の二語によって、詩人の想像力の世界に属していることを示す。「霧中の羊」では、詩人のペルソナの意識の働きは、霧の流れと一体化していて、うっすらした形而上的経験の感受性のみが見られた。しかし、この「嵐ヶ丘」ではペルソナはもっと能動的であり、想像力を働かせていると言うことができる。

「たきぎのように」における想像力は、三行目からさらに燃え上がって、「マッチが点けられたら、（ぼうっと燃えてたき火となって）わたしを暖めるかもしれない」、さらに「そのか細い線は大気をオレンジ色に焼きつけるかもしれない」そして色を失った空にはっきりとした色彩を与えて重々しくすることだろうという風に展開する。

しかし詩人のペルソナの想像力は、その想像力の素材の喪失に気づいている。「たきぎ（木の枝）が留めつけた遠景が蒸発する前に」という時の副詞句、またそのあとの「たきぎたちはただ消失に消失をかさねるばかり」という叙実法の動詞はすべてその喪失感を示している。「暖める」と「オレンジ色に焼きつける」という二つの積極的な行動を表わす動詞は、実は仮定法の下にあったのである。現実は、叙実法の動詞「蒸発する」と「消失する」に支配されている。嵐ヶ丘の世界では、ペルソナの意識は霧の中に流れるのではなく、むしろ霧の外に在ろうとする。その抵抗感がかえって、ここでは「疎外感」と「世界崩壊感覚」をいっそうきわ立たせている。

第二、第三連に姿を見せる羊は、嵐ヶ丘の大自然の一要素となっている。ここの荒野では、風が支配者であり、「風は、万物を一方向になびかせつつ、運命のように吹きおろす」ので、すべては吹き倒されて「生命をもつものの中で草の穂と羊の心臓（身体）よりも高いものはない」という有様である。すべてが、なびき伏している中で独り立つわたしは全世界から疎外されている。

わたしは風がわたしのハートを
吹き抜こうとしているのを感じる
もしわたしがヒースの根をあまり長く
見つめると、それはわたしを招いて
私の白骨を根もとに曝させるだろう

解体されかかったペルソナは羊たちに近寄ろうとするが、「羊は自分たちの所を心得て」いて、自然の一部と化し、それ故、「風」と同じように「わたし」に敵対し、脅かす。

羊の瞳の黒い穴はわたしを吸い込む
まるで宇宙に郵送される気分。
うすっぺらな馬鹿げた便り。

羊をはなれて、詩人は村はずれの廃屋に近づく。流れは「孤独のように透きとおり、さらさらとわたしの指から逃げてゆく」。この孤独をしっかり保って、詩人は生きてゆこうとする。

大自然から圧倒され、稀薄化される脅威に直面しながらも、人間の棲み家には容易に戻ろうとしない。「嵐ヶ丘」の最終連には、吹き消されそうになりながら機能している詩人の想像力を認めることができよう。

すべての水平なものの間で
空はわたしに、唯一垂直なわたしにのしかかる。
草は狂乱したようにその頭を打ちつけている。
こんな仲間の中では
一つの生命にとってデリケートすぎる
暗闇がそれを脅かす。
ところで、狭くるしいそして財布のように
黒い谷間では、人家の燈火が
小さなコインのように煌めく。

5

「嵐ヶ丘」の最終連には、眼下の谷間の村の灯ともし頃の姿が点景として添えられている。ただし、〈黒い窮屈な袋のような谷間で、人家の燈火がその財布の底の小銭のようにちらつく〉というシミリーには、人恋しさよりむしろ村の生活の窮屈さ、卑小さへの反感の方が強く感じられる。もとより比喩であるから、そこから詩人の村への態度を一方的に断定すべきではなく、かえって、その曖昧性（ambiguity）に依存している複雑なアイロニカルな態度を認めておけばすむことである。

ただし「嵐ヶ丘」全体の構造の中で、この〈谷間の灯〉の部分は第一連の〈点火され、暖ためる火〉の想像力と呼応して、この作品に、「霧中の羊」には認められない、ひとつの枠組みを、提供していると言える。それはモダニストの作品手法であった。しかしモダニスト的構成のフレイムワークは、この作品では詩人のペルソナの強い主観性、必死に立ち上ろう、想像力の火を消すまい、という積極的な意識をその危機的様相において浮かびあがらせる程には強くはない。また「羊」や「人家の灯」の描写においてみられる諷刺や皮肉は、この荒野の風景の全体的トーンに、アクセントを与えているのか、それともトーンを破っているのか、読む人によって反応は異なるであろう。けれども、ここにかすかに見られる、あるいは詩人のペルソナが認めようとした「変化」ないし「変容」、かたくなな「陸」の暴威をあの「海」の作用に近づけたい、とでも言えるような働きへの志向、これがこの作品の魅力を成すことに違いはない。ところで、「ハードカッスル・クラグス」を論じるときがきたが、これも行（五行一連、九連）の長さがあるので、要点にだけ触れるにとどめたい。[13]

火打ち石のように、その女の足は
鋼鉄の街路からラケットのように木霊を叩き出した、
黒石造りの町で月にあおく染められた
曲り角をまがりつつ、女が耳にするのは
活気ある大気のほくちに点火しそして

暗い侏儒《こびと》の田舎屋の壁から壁へと
木霊たちの花火をはじき出すこと。
しかし木霊たちは女の背中で消えていった
壁がつきて原野となり草たちの絶え間ない

騒乱の音が全速力で迅走するとき、

始めから二つの連は、まずその技巧的なテキスチュアで私たちを驚かす。ハードカッスル・クラグスはヨークシャー西方の谷間の町であり、「嵐ヶ丘」の最後で遠望されたような谷間の灯の村のひとつである。この詩では、詩人は「わたし」ではなく「彼女」という三人称代名詞のペルソナをとり、前記の二作品のペルソナよりも周囲の事物からは距離が置かれている。そしてここでは風景は、「彼女」の歩みにつれて様相を異にしている——すなわち、城壁の中の石畳みの町、および城壁の外の荒野、の二つの風景が順を追ってあらわれる。石畳の通りに響きわたる女の足音は、卓球のように打ち出され打ち返される「木霊」となる。木霊は、青白い月光に照らされたその石の通りに「鋲」のように留められる。するとぴんと張りつめた大気にたちまち点火して「木霊たちの花火」が飛び出してくる。以上は風景というより、音と光のコレスポンデンスと言うべきであろう。

けれどもここで目立つ「硬さ」と「黒さ」そして「暗い侏儒《こびと》のような田舎家の壁」の「侏儒《こびと》」(dwarf)は、「彼女」の強い感情を反映している。彼女はおだやかに、自分の足音のひびきの木霊を楽しんでいるのではない。もちろん、いく分かは楽しむゆとりはあるかもしれないが、何か、荒々しい、高慢な気分で、足音をあらげて、通りを足早に通ってゆく、とこんな姿が想像される。
しかし、城壁の外では、「彼女」はもはや主人公ではない。

ひとたび、夢見る人の村を
離れると、女の目はいかなる夢にも歓待されない
そしてあの砂男の砂粒は
女の足下で色つやを失った。

あの「侏儒《こびと》」の村人と同じ夢をもつことに気づかされた「彼女」だが、もはや、この荒野では、いかなる夢もゆるされない。なつかしい亡霊に会う期待も破られ、きらきらした夢想もしぼんでしまうことに気づかされる。

絶え間ない風は、女の体をそぎ落として
一つまみの焔とし、その重荷を負った口笛を
女の耳の螺旋部内に吹き入れる、そして
天辺をそぎとられた南瓜のように

女の頭はバベルの騒乱の容器となる。

嵐ヶ丘の風は、〈ヒースの根もとに詩人の体を横たえ骨を白く曝す〉まで吹きあれたが、同じヨークシャーのこの町はずれの荒野では〈身体を二つに裂いて、ほんの一点の焔にしてしまう〉。この容器から洩れる明かりが、ハロウィーンの南瓜の直喩を誘い、その幻想的な〈女の頭は、巻貝の耳を通して押し寄せてくる風の渦巻きを宿す〉すさまじさである。

羊は「手織りの房にくるまって石にむかってまどろんでいる」、乳牛は「牧場で丸石のように黙してひざまずく」、小鳥は「細枝で眠り…その影は木の葉そっくり」で、荒野の生き物は、大自然の要素に化している。

彼女は、羊や牛や小鳥たちと同じ風に吹かれても、これらの生きものとは全く孤絶していることを知る。その断絶を噛みしめる女に、

風景全体は
かつて古代世界がそうだったように
人の眼によって変更されずに
最初期の清水や樹液のように絶対的に

大きく迫ってきた。

全風景は、まだ人間を知らなかった、ただ植物の生命だけが栄えていた、古生代と同じように、人を寄せつけない、絶対者として立ち現われる。彼女は、自分の肉体がまだ熱を保っている間に、石にされてしまわないうちに、この荒野から立ち去らねばならなかったのである。

この詩では、大自然と人間との対立がかなり明確に描かれている。ペルソナは、自然の脅威をのがれて、人間の側に帰ってくる。この人界が、どのようなところであるにせよ、自然に背を向けて戻るところは、人間の世界しかない。

以上の三つの風景の詩は、自然と人をテーマに扱いながら、作品の気分はかなり異なっている。「内景」としてみるならば、いずれもそう呼ばれてよいが、ホプキンズの修辞をこの「内景」に必須とするならば、「ハードカッスル・クラグス」がその呼称にもっとも妥当すると言えよう。他の二作は「内景化」の手法の下にあるが、同時に、詩人の意識・感情の外面化という方向においても考えられねばならない。詩の言語化の機能は、つねに詩人のうちの詩と人を分裂させつつ、統合するという点で、二様に働く故である。

生きられた神話　全詩集再読

1

『シルヴィア・プラス全詩集』が一九八一年やっと出版され、翌年、『シルヴィア・プラスの日誌一九五〇－六二』も公開された。[1] この機会に、改めてシルヴィア・プラスの詩をその全体性において考察してみたいと思う。シルヴィア・プラスとはいったい何であったのか。その詩を私たちはいったいどう取り扱えばよいのか。死後二十年になろうとするいまも、多数の詩人に霊感を与え研究者を惹きつけながら、謎は深まるばかりにみえる。一方では、フェミニストの守護神、他方では言葉の魔術師、「運動家」にも技巧派にも尊重される存在ということは、しかし、プラスが本当の詩人だったということであろうか。

「一九六三年には、シルヴィア・プラスが自殺した。そして彼女は文学の世界において重要な役を演ずるべく甦った」とエレン・モアズは一九七七年、『女性と文学』でいっている。[2] プラスはアメリカの戦後の女性解放運動が始まる直前に三十歳で亡くなってしまったが、当時の女権運動に果たした役割は大きかったことは否定できない。しかしプラスの文学上の役割は運動家に痛烈なメッセージや名せりふを提供したり、フェミニズムの作家たち——エリカ・ジョングやジョイス・キャロル・オーツやロビン・モーガン等々——に範例を与えたりしていることにとどまらない。六十年代後半からアメリカ詩もまた解放の時期を迎えるが、いわゆる「料理された詩」から「生のままの詩」への変換において、プラスはローウェル、ベリマン等「告白派」のスタイルに劣らない力と烈しさと柔軟さを示すことができた。

プラスが詩語の解放に果たした役割を疑うひとはいない。またその解放の成果を『エアリアル』と『冬の木立』、つまり詩人の最後の一年間の作品とみることにもまず問題はない。しかし、それらの詩がいったい何だったのかということになると、意見は二つに分かれてしまうようだ。その対立は、結局「自殺派」か「再生派」かということになるのかもしれない。ここでかりに「自殺派」と名づけた考え方は、シルヴィア・プラスの詩を自殺の予言、遺書とみる。たしかにその死までの一年間の詩、とくにその一月前からの詩は、詩人の死と重ね合わせると読者を慄然とさせる。「ラザロ夫人」や「ダディ」はプラスの生涯の総告白ともみえる。

「死ぬことはひとつの至芸《アート》」という「ラザロ夫人」の言葉は、しかし、アートという語の解釈をめぐって、「自殺派」的な捉え方の他にも、なお別の解釈の可能性をもつと思われる。そこに「再生派」、つまりプラスの詩を、「死と再生」の入門儀礼のようなものとみなす根拠がある。たしかに「死と再生」あるいは「転生」はプラスの夢にあった。しかしこの夢の保持とそのための儀礼こそ古来から文学や宗教が伝えてきたものであって、それは詩の言葉のストーリイそのものといえる。

プラスの日誌は、彼女の取り憑かれていた夢がどんなものであったかの片鱗をのぞかせてくれるが、その夢と詩作には深い関連があることは、とくに分析医との面接の経過をつたえる日誌の箇所が伝えてくれる。プラスの自己認識の深化と詩作の進展は、たしかに相伴ってあらわれている。しかしその関連が存在することは確実と考えられるが、それがどのように互いにかかわりあっているかという問題になると、ことはそう簡単ではない。

詩は自己認識からだけでは生まれない。詩は自己の再創造であり、詩人は自分の言葉を作り出さなければならない。詩人はどんな悪夢も、どんな崇高な夢も、共にかかえて生きなければならない。

悪夢がすべての自殺衝動に、高い夢がすべて秘法入門につながるのかどうか。これは大きな問題である。魔術や宗教について考えてもわかるように、光と闇、生と死、神と悪魔の二つの世界は人間の存在の根底に触れる問題であり、その世界の対立葛藤とどちらかの終局的な勝利の夢がその世界の構造となる。これと同じような図式がプラスの詩にはみられる。プラスの最後期の詩には、怖ろしい魔力が秘められているが、それは分裂病者の病相、受身の妄想とはたしかに違う。そこには妄想と共にもっとも痛切な心の叫びが、はっきりと表れている。彼女の詩の構造は、たしかに「死と再生」の神話のテーマとプロットをもっている。が詩のもっとも原初的なそのような呪術性は、ただ神話的な構造があるからではなく、詩人がその神話を生き続けるからこそ生じるのである。

「彼女の運命と作品のテーマは別箇に切り離しておくことはほとんどできないし、双方ともひたすらに恐ろしい。彼女の作品は突き出した握りこぶしのように狂暴だ。また、ときとして卑劣な感情もある。文学上、比較は可能だし、あちこちに影響の木霊がひびく。しかしいったい、その魂、内面、気質において彼女は、誰に比較され得ようか?」そうエリザベス・ハードウィックは嘆息する。その破滅型の才能はアメリカの詩人のうちでは特異にきわ立つ「ひとつの事件」であるとみて、「あるひとつのイベントとして、彼女はハート・クレイン、スコット・フィッツジェラルド、ポウとならび立つものであり、エミリ・ディキンスン、マリアン・ムア、エリザベス・ビショップとはいっしょにならない」とも述べている。[3]

女に生まれたこと、あるいはアメリカの一九五〇年代に娘時代を迎え、また大学生であったことが、プラスの極度の破滅衝動に一役買ったことは確かなことと考えられる。また八歳のときの父親の死が何より重大、深刻な傷痕となったことも容易に納得できる。しかし女性学的、あるいは個人史的、あるいはパトロジカルな視界はここまでしか達しない。彼女の作品は神話となり、彼女自身も伝説の国にいってしまう。ハードウィックが言う通り、プラスは「ひとつの事件」であり、さらに、生きられた神話となる。「ダディ」や「ラザロ夫人」の演技性は秘教的な厳格と陶酔において、一個人の私的な告白の域をはるかに越えてしまっている。それはプラスひとりの心理よりももっと深い無意識の超個人的な幻想、超自我への衝動であるといえようが、そのふつう言葉にはなりにくい、あるいは抑圧され、あるいは変装されている夢を、新たな言葉にさそい出すものこそは、詩の技法、文学の伝統であると、まず言わなければならない。

詩の伝統的技法には個人的女性的な特質があるとは考えにくい。題材的にはいわゆる女性らしい世界はあり、また女性らしい想像力——たとえばエレン・モアズの女流ゴシック文学の正当性までも含めて——はあり得ても、詩の技法、古来からの金銀細工師の労苦にたとえられるような言葉の再創造のための修練には、ミスを許されぬ精密機械の組み立て工のめざす完璧性、機械のもつ自動性のごとき非情さ、厳格さしかあり得ない。この事実は、詩をよく知る者には首肯できるはずである。

　モアズやハードウィックの女性学的視点のうちに見落とされがちなことは、この詩人であることは女性であることを越えるかくぐるのか、いずれにせよそこに留まっていないということである。プラスの全詩集や日記を読んでいる間にわたしの念頭に去来したのはこの思いだった。プラスは、少女から学生、教師、結婚、出産、育児と、若い女性の通過する経験を克明なリアリズムと大胆なシンボリズムで書きとめていった。それを読む私たちに、たしかに或るフェミニズムの意識が伝わってくる。それは、一九五〇年代にアメリカの女子大で教育をうけた中流階級の頭のよいお嬢さんたちなら誰でも持ちそうな女権意識と、六十年代後半の奔放な性風俗の前夜のピューリタンの禁忌のまじりあった性意識であり、一九六三年にベティ・フリーダンが『女性らしさの神話』で分析して、『空っぽの巣症候群』（empty-nest syndrome）という名を与えた、当時の主にWASPの女性の不満と不安に充ちた疎外感と共通するものである。[4] しかし、だからといって、プラスの文学はフェミニスト的な女の日常生活体験の全領域にわたる誇示ではない。それは、そういう経験を、プラスに独自な繊細でもの悲しい、ときにアイロニカルな、ときに諷刺的な観察眼で伝えるばかりではなく、もっと彼女自身の深層心理に属す狂おしい夢、不条理な怪奇な残酷な美しい幻想をも示す。とくに後期は、ごく単純な日常会話の言葉づかいの底から、世にも怖ろしく慕わしい天国と地獄の光景が、迅速にシミュレーションの映像のように浮かび出ては消えてゆく。このとき、プラスは、「なにか想像的で、新しく、荒々しく、微妙に創造されたもの」（ローウェル『エアリアル』米国版序文）であり、人々を魅了する超現実の存在と化しているといわねばならない。

2

シルヴィア・プラスが女性の生活を扱いながら、女性以上のなにかへと変貌するさまは、どのように行なわれているのか。次にいくつかの詩篇を通して検討してみよう。

「ご親切」[5]

ご親切が私の家をしのび足で歩きまわる。
親切公夫人《デイム・カインドネス》、なんとすてきな御方！
青と赤のその指輪の宝石が窓を
煙らせ、どの鏡も
微笑でいっぱいになる。

幼児の叫び声ほど真実なものが他にある？
野兎の悲鳴はもっと荒々しいかもしれない
けれどそこに魂はない。
お砂糖は何にでも利きますよ、と奥様の仰せ、
お砂糖は必要な液体で、

その結晶体はちいさな湿布です。
ええそうでしょうとも、ご親切、ご親切は
あまあく断片たちを漬け込むってさ。
私の日本製の絹のガウン、自暴自棄の蝶々さんは、
麻酔をされて、何時なりとピンで留めつけられる。

するとそこへあなたの御成り、湯気の
花環をつけたティー・カップをもって。
血の噴射こそ詩なのです、

だれにもそれは止められない。
私の二人の子供、二つの薔薇の花を返して

一九六三年二月一日、プラスはこの「ご親切」の他に「神秘家」(Mystic)と「言葉」(Words)と合わせて三篇を仕上げている。『日誌』は前年の五月までしか保存されていないが、シルヴィアの母オーレリア・プラスが編纂出版した『家への便り』(*Letters Home*)や夫テッド・ヒューズや当時の知友たちの折にふれての発言などにより、この当時の彼女をめぐる状況はかなり明らかにされている。プラスは六二年の八月にテッドと離婚を決意、一時はアイルランドに住むことも考えるが、結局、この年の一月に生まれたばかりのニコラスと満二歳になったその姉のフリーダをかかえてデヴォンシャーのコートグリーンの古い農園つきの屋敷を出て、十二月も押しつまってロンドンの旧居のあったプリムローズ・ヒルに近いイェイツの旧居に引越しをした。自分の仕事と子供たちのためにはロンドンが必要だったが、休暇のときはロンドンの家を人に貸してデヴォンシャーで過ごすつもりもしていたようだった。しかしクリスマスの翌日から降り続いた雪は一向に降り止まず、道路は凍結、交通は寸断され、停電が続いた。この五十年ぶりとも百五十年来ともいわれる雪と寒さの被害は全ヨーロッパに及んだという。子供たちも彼女も風邪をひき、水も電気もない部屋にいた。持病の鼻炎に加えて不眠症となり、べル・ジャーが再び彼女の頭上に降りてきた。母に宛てた最後となった一月十六日付の手紙によると、子供も彼女も流感からやっとなおったが、ナースが風邪にかかって帰られてしまい、電話は二ヶ月待ってもまだつかず、部屋のカーテンやカーペットや調度類もまだととのわず……という有様である。吹雪の中、夫に去られ幼児二人とだけ、電話もなく手伝いの娘もいない暮しは、普通の健康な身心をそなえた女性にも耐えがたい。まして彼女は、「この半年間、決心や責任という鉄のローラーに押しつぶされ、絶えずむずかる子供たちと共にいて、とても何様になろう、ならねばならないなどという気分にはなれませんでした。でもいったん、手伝いの娘《オペアガール》が見つかり、この家が住みよく手入れされ――すくなくとも五年のリース中にインテリアをととのえるつもり、それもぜったいわたしの「ロンドン風家具」でなくてはいけないのです――それから電話や規則正しい日常の繰り返しが手に入ったなら、わたしはよくなるだろう、と思います」と手紙には書いているが、絶望的な心境だったに違いない。

「ご親切」はそういう苦境にあるプラスの姿を伝えているが、病床に横たわっているらしい彼女にしずかにしとやかに熱い紅茶をすすめる「親切公夫人《デイム・カインドネス》」に彼女は感謝するどころか、まともに口がきけないほどの嫌悪感をいだいている。そして最後には絶望的にかん高い声を出すのである。

「親切公夫人」とは誰か特定の個人なのだろうか、それとも慈善とか心やさしさという概念の擬人化なのだろうか。第一連では彼女は身分の高い貴婦人で指にいくつもの宝石の指輪をはめ、始終、微笑を絶やさず、家の中をすべるようにしずかに歩く。一見、スルバランの描く身分の高い聖女の画像のようだが、その清潔さがないのに気がつく。[6] むしろなにか不気味さがただよう。何故だろう。この貴婦人は「すべる、滑走する」。その宝石は〈窓をくもらせて外の眺めをかくす〉いつも「ほほ笑む」。つまり、ありのままでなく、つねにとり繕い、澄ましている。〈赤い宝石〉は「女流作家」(Female Author) というまだ学部時代の習作のひとつのうちにすでに「煙らせる」とよく似た動詞と共に用いられている、「そのいくつもの指の上にガーネットはちらちら光り/そして血紅色がその原稿一面に反映する」。この不自然、虚飾、虚栄に対する真実、贋ものに対する本ものとして示されるのは子供の泣き声であるが、おそらく十年近い昔の作品「女流作家」にも、その原稿を彩るガーネットの宝石や「たまさかの罪のボンボン」や「不道徳な花を咲かせる温室栽培の薔薇」にとりまかれ、「微妙なメタファに没頭して」、「道ばたで泣いている灰色の子供の顔から身を遠ざけている」流行の女流詩人が諷刺されている。[7] 赤い宝石と子供の泣き声、純ならざるものと純なもの、まがいものと本物のイメージのジャクスタポジションは、習作から死の前日の作品にいたるまで一貫していた。「ご親切」では諷刺よりも皮肉が利いているが、第二連では一転して抗議と説得の調子に変わる。〈子供の泣き声のように真実《リアル》なものはいったいあるのだろうか、在りはしない〉次の行の野兎の叫び声は別れた夫テッド・ヒューズを暗示する。「テッドの賦」[8]や「野兎捕り」[9]は野生動物を捕まえる名人のテッドの姿を示している。罠の兎のあげる野生の声は、またテッドが心を移した別の女性の声と重なって、テッドを魅惑し、さらっていた存在でもあろうか。その野性の叫びには「魂」がない、つまり人間ではないなにか魔性のものだと説得し抗議する。ここでまた調子が変わって、N・フライのいう低次模倣様式があらわれ、「親切公夫人」の砂糖の効用を説く口ぐせが模写される。詩人のペルソナは嫌悪感を「ご親切、ご親切」という繰り返しと「断片たち」の複数形ににじませつつ、みさかいなく多数を砂糖漬けにしてまわることに驚きあきれる。がその感嘆文が、いやがり、あきれるだけではなく、もっと絶望的な気分を含むことは次に続く二行から看取できる。この行は蝶が採集網にからめられ、ばたばた動きまわって、エーテルを注射され、標本箱にピンで留められるまでの過程に言及すると共に、「麻酔をかけられて」と「ピンで留められて」は、T・S・エリオットの「プルーフロックの恋唄」のあの罠にかけられてしまった絶望的状況を暗示しているとも思われる。それが深読みでない証拠に、次の行ではまさしく罠が登場する。湯気の花環でかざられた紅茶茶碗はじつは罠なのである。白い磁器は、「親切公夫人」の「ご親切」という湯気に包まれて飾り立てられた犠牲にみたてられている。先ほどの「野兎捕り」の詩で、罠の光景をみて、「わたし」が感じる暴力と犠牲の幻想にも「白い磁器」が現われている。罠にはまだ一匹の兎も捕まえられていず、からっぽであるにも拘わらず、その「いまだ虚無を鎖《とざ》しているゼロたち」、その冷たい金属の罠の光景は「わたし」を死の恐怖感で緊縛する、

わたしはある沈黙のいとなみ、ある意図を感じた。
にぶく、ぶこつな、茶碗をかこむ手
白い薄手の磁器をとりまく手を感じた。
あの小さな使者たち、それらはどんなにかれを待ったことだろう!
まるで恋人のように待ち、かれを熱狂させた。

(「野兎捕り」第五連)

このような暴力と犠牲の幻想は、「わたし」に告白的な内省を誘発する。

そして我々にもまた、ある関係がある——
我々の間の張りつめた鉄線、
抜きがたく深く打ちこまれた釘の数々、そして
するすると生きものを封鎖する鉄の輪状の精神、

その拘束は、またわたしをも殺す。

（同上、第六、最終連）

この「ご親切」では、茶碗＝罠のさりげないほのめかしから、監禁、獄死への飛躍はことばでは言い現わされていないが、その連想を誘う手がかりはすでに第二連の荒々しい兎の叫びという句のうちに看られていた。茶碗をとりまく手はここでは「ぶこつ」でなく指輪で飾られた白い手であるけれど、同じように、「わたし」を囲繞し、じりじり締めつける死の罠とその手の働きを感じる詩人プラスの病的に鋭い感受性に変わりはない。「血の噴射こそ詩なのです、だれにもそれは止められない」は、この罠にかかった詩人の絶叫である。死の床で必死に抱かれるのは、生命とひきかえの詩作であり、彼女の生んだ二児である。「わたしの二人の子供、二つの薔薇の花」は詩と同じに彼女自身の生命そのものであって、絶対に「親切公夫人」の手にはわたしてならないのである。このように読んでくると、この「親切公夫人」に特定のモデルはないといわねばならない。プラスの母を含めて周囲の女たちの好意の押しつけがましさ、あるいはテッドの母や姉のヨークシャー的家族環境のうちにプラスがみつけて苦しんだ重圧感が、この貴婦人像をつくり出す原動力としてはたらいている。

「親切公夫人」は、すべるように詩人の住む世界を歩きまわる。第一行目からあの罠のするするとすべるようにして生き物をがっちりと拘束する力は暗示されているのである。「親切公夫人」の罠に生け捕られるのは詩人と詩と子供である。中世のアレゴリー風の造型の表面は一応さいごまで保たれてはいるが、その描き方は、疑問文と感嘆文の重畳からさいごの爆発へと、詩人の自我と他者との衝突のすさまじさに満ちている。

3

けれども、いったい何故詩人はそれ程他者との関係で苦しまねばならないのであろうか。その疑問をプラスの分裂病の再発、あるいはもともとの分裂病的な心的素地に求めることは容易であるが、それだけでは答えにならない。何故病気なのかという問は、精神医学でも答えられない、というより医学的には答えてはならない問いであるからである。けれども精神の病気は幻想に関わることであり、夢、非理性の言語化にさいしてのあるもつれ、こだわりであるが、また時にはおもしろい結晶をつくることがあるといえる。芸術と狂気のすでに言い古された連関をただおもしろがる立場は、しかし私のとるところではない。詩人は狂気に自らを向かわせ狂気をてなずける、その手段が詩である、と考えている私にとって、詩人プラスの苦しみは、個人の生育史上、病歴史上の諸事実にその原因が認められるという考え方には疑問がある。詩人の苦しみは詩をつくる故の苦しみであり、詩をつくることは人間らしさの交りから出て、それ以上か以下か、いずれにしても怪奇と崇高、熱愛と残酷の人間の限界領域にまで歩み入り、しかもその「縁《へり》」に立ちどまっていなければならないからである。

この「ご親切」の四日後に書かれ、最後の作品となった「縁《へり》」(Edge)は、このような危険な詩作の道のきわまった光景、二つの薔薇の花であった子供を胎内につれ戻した詩人の死が扱われる。[10] それは、数日後のプラスの自殺を知る我々にはまさに予言的な光景であった。詩人の死の予言は、つまりここで予言されているとみられる死は、しかしプラスの実際の自殺でなくてもよかったようにも思われる。プラスの自殺は「縁《へり》」「ご親切」をはじめ『エアリアル』の多くの詩を生なましい遺書にしたてた。そのことはたしかに文学の社会学的考察に価する重大事象である。キーツとシェリイの夭逝のように、プラスの自殺はアン・セクストンの自殺とならべて、文学史上の由々しい出来事として十分に考慮されるべきだという主張にもそれなりの理由はある。しかしプラスの詩を実際の自殺と結びつけてだけみる見方には、詩とはいったい何かへの認識が欠けていることが多い。フェミニストの運動のためのメッセージ、「告白派」の誠実さや真率さ、等々の要素をプラスの詩や書き物の中に見出すのは容易である。しかしまたプラスの詩の意識は、フェミニストや「告白派」ないし「極端派」の意識だけでもないのである。[11] ではいったいプラスの詩と何か。その答えの一半は、すでに「ご親切」のうちにみられた〈罠〉の感覚、この世界のいたる所に仕掛けられている生きもの、生きいきした精神を生け捕り、拘束する鉄の環の存在の感覚である。〈罠〉はしかし詩人の詩がつくるものでもあってもよかったのである。R・ローウェルは「いるか」(Dolphin)で、自らを詩作の網をひろげて補足しがたい詩をつかまえる漁夫に擬している。けれども、プラスは、罠にかけられ、生け捕りにされた野兎の方にしか自己同一を感じていない。

何故このようなことが起こるのであろうか。何故、詩人の自我同一性は罠の犠牲者にだけ一方的に向けられるのだろうか。何故、「ご親切」は微笑や砂糖漬けやティーカップと共に詩人にとっては、詩の罠になるのだろうか。

「ご親切」の仕上げられた二月一日は前言したように「神秘家」と「言葉」の二篇も残している。「神秘家」は『エアリアル』には収録されず、のち『冬の木立』に収められた。しかし、プラスにとって詩とは何かの問いをもって読むとき、これは「ご親切」と対をなすものであり、「ご親切」ではげしく問題とされたことの、いまいっそうの基底となる問題がそこで問われている詩であると考えざるを得ない。[12]

「神秘家」

大気は鉤針の製造工場——
解答のない疑問ばかり、
ぎらぎらと蠅のように酔いしれて
その針のキスは耐えがたく痛い
夏の松林の下の黒い空気のすえた胎の内で。

私は想い出す
あの堀立小屋の群の上の太陽の死臭、
ごわごわした帆布、長い塩の包帯のシート。
ひとたび神を見てしまった者に、何が治療なのだろうか？
ひとたび捕えられてしまって

全身のこるくまなく、

足や手の指一本まで用いられ、
太陽の猛火、昔のカテドラルから延びてくるあの多色の窓のうちで
完膚なきまでに、奉献された者にとつて、
治療とは何なのだろうか？

聖餐式のホスチアのピル、
「憩いの汀《みぎわ》」をあゆむことか？
アナムネシスか？
それとも齧歯類の顔の中にキリストの
まばゆい断片を拾い上げてゆくことか？
あの温順な花かじりたち、その願い

いと低きが故に慰められることの得べき人々
小さなモルタル壁の別荘で、背をまるめて、
クレマチスの花棚の下に暮らす人間たち。
偉大な愛は存在しないのか？　ただ心優しさだけなのだろうか？

海は
その波の上を歩んだ人を覚えてはいないのか?
意味は物質の分子たちから洩れしたたる。
都会の煙突は息を吐き、窓は汗をかき、
子供たちはベッドで跳びはねる。
太陽は花開く、それはジェラニウムだ。

心臓はまだ停止していない。

〈神秘家〉にとって一切は疑問だらけであり、デ・キリコの形而上的絵画のイメージと同じ不安のモチーフの果しない繰り返しである。〈神を見た者〉にとって、その〈偉大な愛〉を経験した者にとって、救いはかえって難しくなる。人間同士のつつましい思いやり、やさしさはいまは吐き気を催させるばかりである。この世のいとなみに連なるかぎり、〈ベッドで跳びはねる子供たち〉も町の工場の〈息をしている煙突〉となんにも違いはないし、棚に紫色のクレマチスのつるをからませて育てる病人や老人の生活も、窓辺にまっ赤なジェラニウムの鉢を飾る都市の生活もひとつである。

では宗教の世界に「私」は救いと癒しを発見できるだろうか。罪の傷を癒すとされるキリストの教会のサクラメントのひとつである聖体拝領の秘蹟も、せいぜいなにかの予防の薬となるばかりである。詩篇の第二十三の「主はわが牧者、われに乏しきことあらじ、主はわれを緑の牧場に伏させ、静かな水辺に導き給う……」というあの教会の外の人々にも神に由来する深い慰めと希望を教えた言葉にも疑問符がつけられる。秘蹟にせよ、聖句にせよ、宗教上の行為はいずれも神の愛の想起を目的とするであろう。しかし想起もまた疑問視されている。第四、五連では教会から出て民衆と共にあるキリストが求められるが、その「幸いなるかな、心の貧しき者」、「我に来たりて我が重荷を共に担え。我は心ひくき者」というような福音的な教えにも詩人は反撥する。そして「優しさばかりで、大いなる愛というものは存在しないのか」という苛立ちの叫びを発する。大いなる愛とは、では何なのか。第二連の「神を見てしまった者」のその神をさすのであろうか。第四連で、その神の想起である宗教上の礼拝は否定的に扱われている。祭式や祈禱のうちに見出されるべき神ではないのである。第五連から六連へとまたがる二行、「海は——その波の上を歩んだ人を覚えてはいないのか？」はその大いなる愛を求める詩人の心の願いから発した問いではないかと考えられる。「偉大な愛は存在しないのか？　ただ心優しさだけなのだろうか？　海は—その波の上を歩んだ人を覚えてはいないのか？」こう重ねられた問いかけは、その畳みかけられた問いの形式によって、「偉大な愛」と「波の上を歩んだ人」の存在が詩人の心に占める必要性を痛感させられざるを得ない。

波の上を歩き、他人にも歩ませることができたキリストの奇蹟、大いなる愛の奇蹟、これが詩人プラスの心の底から希求したことだった。たんなる心の優しさではない愛、ただの体の治癒ではない奇蹟、それはどちらも日常のうちにはなく、日常の枠をはみ出し、越え出る。神の愛も奇蹟も、時間・空間の網目の交錯する自然の秩序には属さず、そのかなたから、不意に、突然の訪問客か時ならぬ狂い咲きのように、やってきてまた不意に姿を消してしまう。

プラスにとって、大いなる愛とは奇蹟であり、超自然の訪れであり、死を望ませるものであった。「心臓はまだ停止していない」という結びの一行はプラスのこの愛の希求の異様な烈しさを示している。このような神の愛と自らの死を同時に願う烈しさが、題名の「神秘家」の所以である。「神を見た後で、どのような慰めがこの世にあるだろうか」は、アヴィラの聖女、跣足《せんぞく》カルメル会の創立者大聖テレーサが、彼女の著作のいたる所で繰り返し発している感嘆の言葉だった。とくに『霊魂の城』(一五七七)は、神との一致をこの世にいるうちから望む燃えるような観想的な魂の高い夢と、そのために歩まねばならない苦難の道の見取り図である。霊魂の型において、シルヴィア・プラスはこのスペインの偉大な神秘家の娘たちのひとりであるといえる。しかし、神との愛の一致のうちに言い尽くせない甘美を味わうべき聖テレーサの城の最上階での「神との一致」、忘我の状態は、プラスには書かれていない。むしろ、このような純粋な魂において神の不在がどんなに怖るべきものであるかの証言になつている、とわたしには考えられる。プラスの霊性は、大聖テレーサの観想をめざす、神への憧れにおいて強烈しかった。また、神を目ざす霊魂がどうしても遭遇しなければならない荒野の数々の試練を知り感じることができた。しかしプラスは、その神へ近づく着実な段階的な手段を、拒否というより、心得ていなかった。『霊魂の城』は、どの神秘神学においても最初のステップとされる謙遜、神の前の人間の卑小さ、醜悪さの自覚から始められるが、しかしこの神の前の謙遜は、際限のない自己卑下とは違う。大聖テレーサは謙遜とは、自己自身をありのままに正しく、それ以上にでも、それ以下にでもなく知ること、と明言している。

プラスはその謙遜を欠いていた、あるいは無視していた、といえるかもしれないが、彼女自身、既製のキリスト教会には属さず、宗教的な祭儀や戒律に遵《したが》うこともなかったのだから、これ以上、修徳神学的に神秘家を論じても所詮むなしい。しかし彼女が「神」を口にするときに、パウロやキリストの使徒たち、教父たち、そして十字架の聖ヨハネやこの大聖テレーサ、またリジューの小聖テレーズにいたるキリストの神秘体に連なる人々が刻んできた神の似姿と、そんなに異なっているだろうか。そうとは考えられないのである。詩人の心の衝迫において、その夢を刻みだした言葉において。[13]

4

同じ二月一日の作品「言葉」は、『エアリアル』詩集の最後に置かれたという事情も手伝って、すでに余りにも有名になっている。[14]

言葉

斧の一撃
その後、森は鳴り響く、
そして木霊また木霊!
木霊は次々と中心部から
馬のように旅立ってゆく。

樹液は

涙のように湧出する、岩の上で
水がその鏡を落ちつかせようと
もがいているように

その岩は落下し回転する、
一つの白い頭蓋骨、
一面の夏草の茂みの中に。
何年も経ってわたしは
路傍で木霊たちと遭遇する——

乾からびて乗り手のいない言葉たち、
疲れを知らぬ蹄の音。
その間
水溜りの底から、固定された星たちが
一つの生命を支配する。

「縁《へり》」と同じゆきどまりの状況で、「神秘家」で烈しく希求された神の姿はない。ただ「固定された星たち」の宿命、悲しみの涙も涸れつくし「縁《へり》」での「こわばった喪服の月」の冷たい目だけが、神不在の世界の荒涼をつたえる。〈その女は完成され〉〈死んだ体には成功の微笑がはりついたまま〉、アナンケーの女神の石像と化す縁辺の国では、〈乗り手をうしない、乾からびた言葉たち〉がただ機械のような永久運動（「疲れを知らぬ蹄の音」）を繰り返すばかりである。

奇蹟、神の愛の自由な賜物への烈しい希求は、しかしプラスの詩の中にはかなり存在するのである。彼女の自己嫌悪の執拗さ、烈しさ、世界中の痛苦を一身にあつめたような鋭利な生なましい世界苦の感覚、絶望感の迫真性のただ中に、それは読む者に息を呑ませるほどの烈しさで現われる。ただし、「ご親切」と「神秘家」の中でいま見たように、神の自由な愛とは、詩人の記憶よりもなお先の方に措定されているもので、言述されるものではない。また作詩の術策からも、アイロニーや暗示や謎、叫びと沈黙、問いかけと沈黙のうちに探求することを余儀なくさせられている。

「神」「愛」「自由」のプラスの詩における先言措定は何か。これを全面的に問わなければ、プラスの詩とは何かへの解を得ることは不可能である。「愛」という語はまさに『エアリアル』詩集の最初の単語である。「愛があなたをふとった金時計のように動かし始めた」で始まる「朝の歌」で長女フリーダの誕生をうたうプラスは、すでに人間の誕生と共に始まる一種の死を、子供の上にも母である自分の上にも見逃がしていない。[15] 誕生と共に始まった生命の機械的な自動性への嫌悪感が、「ふとった」（fat）と「時計」の二語にこめられている。「ふとった」はもちろん乳児のまるまる肥えた体つきを記述する形容詞であるが、価値語としては「ふとって醜い」のマイナスの価値語であること、また『巨像その他』の中でのプラスのこの語の用法はたいてい否定的な内包を持っていることを考え合わせる必要がある。「ふとった」は次に「金の」と連結されているが、彼女の〈金〉の用法はマイナスでなくプラスの価値を示しているので、ここに赤ん坊の誕生についてのプラスのアンビバレントな感情をみることができる。もっともここの「ふとった」には、嫌悪感というより軽いからかいの気持ちと解した方がよいかもしれない。「朝の歌」より一年ほど早く、フリーダの誕生直後につくられた「おまえは」という詩には、赤ちゃんのおかしく、ちょっとこっけいでかわいく活潑な姿が、鳥や魚や野菜やパンや蕾のメタファーで次々に描かれている。[16] しかしここでは赤ちゃんの姿恰好よりもその泣き声と、その泣き声が詩人に呼び醒ます深い生命への畏怖と慈しみの感情とがうたわれている。とにかく、「愛」の一語でも、その先言措定は複雑で容易にはきわめがたい。全詩集や日誌を通して読んでも、なおよくわからないところは多いのであるが、ひとつの詩から他の詩へ、ひとつの語から他の語へと綿密な比較と対照を繰り返しつつ読むことによって、深層心理の加圧された言語空間の謎のような絵模様を辿ることを、なおしばらく続けたいと思う。

詩集の題名詩である「エアリアル」と「十月のひなげし」はどちらも圧倒的な印象を与えるが、その強烈さには「神秘家」のうちの「ただの優しさではない、神の大いなる愛」への希求の烈しさ、またその偉大な愛のうちでの自らの死を願う烈しさと同じ憧憬をみることができる。[17] この二作は共に一九六二年十月二十七日の日付が与えられているが、「大いなる愛」のテーマにおいても共通する。「エアリアル」は素材的には詩人が当時好んでいた乗馬（愛馬の名はエアリアル）の体験であり「ひなげし」のそれは霜の朝の麦畑に帰り咲きの花を見たときの感動の経験である。ここにはよくつきまとう憤怒や自己嫌悪の感情はきれいに消えていて、プラスのいちばん大切にしていた早朝の刻のいっぱいに予感をはらんだ沈黙の素晴らしさが、直接に、読む者に伝わってくる。どちらも三行詩をいくつも重ねた構成である。「エアリアル」は九連と一行、一行の長さは最大で十シラブル、最短で一シラブル（hooksとwhite）の間の、まったく種々な長さである。「十月のひなげし」の方は四連だけだが、第一連第一行はじつに十四シラブル、第三行は十二シラブルと長い間《ま》（——）から成り、第二連の三行詩が五—六—三シラブルと短いのに対して異彩を放っている。前者が乗馬の疾走感、後者が咲きそろった花に見とれる恍惚感の音調上のミメーシスとなっている。

では「エアリアル」では愛はどのような姿でとらえられているのか。「暗黒の停滞」を突き破って、ダートマスの高原の岩山を影のような「青さ」に浮かび上がらせたのは、地平線下をぐんぐん昇ってくる太陽だったのか、それともプラスの愛馬エアリアル号が走り出したためだったのか。「神の雌ライオン、どんなに我々は一体になることか、踵と膝をかなめとして！――」この馬と人との一体感は、しかし普通の乗馬の経験とは違う。つまり乗り手は手綱をとらずにただ両脚で馬の体と連なっている、曲乗りのように。第三連の「わたしが捉えることのできない首の茶色の弧と姉妹になって……」から、この危険な乗り方は、放れ業を楽しむのではなく、強いられた状況だったことがわかる。畝道は「引き裂き」、「黒い瞳のブラックベリーは暗い鉤針を投げる――黒く甘い口いっぱいの血の実」と死の危険が黒と赤の繰り返しで強調され、「影たち」の一語で、第五連の中途で唐突に終わる。第五連の終りの第三行からは、死の鉤針の手の拘束感は消えて、新たな解放感が登場する。「なにか別のものが、空中に私を抛りだす――」次の行の「股、髪」そして「踵からはがれ落ちる薄片。」これは一種の暴力による解放で、解放感というより身体の崩壊感覚であろう。W・B・イェイツの「レダと白鳥」のレダを襲った突然の打撃、ゼウス神の暴行の場面を連想させる言葉づかいがそこにある（her thighs, her loosening thighs, white rush など）。[18]

しかしその暴力の襲来を、「白」とただ一語一行で受け取めるところは、イェイツのレダの恐怖と恍惚からさらに大きな転進を予知する。レダからゴダイヴァへ。性のイメージはなお続くが、レダのように白鳥＝神の力を着るのではなく、その力をふりほどく贖罪のヒロインと「わたし」はひとつになる。「死の手、死の追究」を、それまでわたしの体を締めつけていた拘束衣を脱ぎ棄てるように、包帯をくるくる解いてゆくように（'I unpeel —,' は「ラザロ夫人」の 'Peel off the napkin / O my enemy' を連想させる。'un-,' はここでは反対の動作ではなく '-peel' をさらに強めていると解したい）逃れる。わたしは自由になり、白くなる。そしてわたしは、麦穂につく泡、海の輝やき、子供の叫び、一本の矢と、急速な転身を繰り返す。どのイメージも束の間に消え、うつろい易い、きらめきとリアリティに充ちている（'the child's cry' は、先にみた 'What is so real as the cry of a child ?' とまったく同じ内包をもつ）。「わたし」の矢つぎ早なメタモルフォーゼの最後は「露」である。「わたし」は、

自殺的にとび散る
露、あの衝動とひとつになり
あの朝の魔女の大釜の
まっ赤な眼の中へめがけて翔ぶ。

わたしの翻訳は、「露」と「衝動」とをことさら対立的においてみた。理由は、最終の四行

をすべて露の行動とみないで、「わたし」の転身譜の総仕上げという風に解釈したためである。「自殺的」と「あの衝動とひとつ」との連繋は、曖昧であって、at one with the drive をその前の suicidal と同格、ないしその語の修飾の句と解することは可能であるし、その解釈の方が多くみられる。「自殺的」すなわち創作「衝動」というように切れ目なく連続させて読むことに、私もしばらくは疑義を感じていなかったが、今度、全詩集を読み直して、しかもプラスの詩のうちの「大いなる愛」というテーマを探っているうちに、こう考えるようになったのである。つまり「自殺的」は「露」に属し、「衝動」はそれに属さない。「衝動」はユングなら「元型」と呼ぶであろうようなフロイド的な術語と考えられる。プラスは何回も精神医の治療を受けているが、とくに一九五七年から五八年のボストン在住時代、週一回の面接に通っている。その時の分析医はフロイド派の女医で、彼女は五年前、スミス・カレッジに在学中プラスが自殺未遂後収容されたマクリーン病院でやはり治療にあたったこともあり、プラスから信頼されていた。五七—五八年のボストン時代はまたロバート・ローウェルと交際のあった時期で、五九年の春の学期、ボストン大学で彼の詩のクラスを聴講したことはよく知られている。いっしょにクラスにすわったアン・セクストンもそれにローウェルもマクリーン病院に何度も入退院を繰り返し、この人々の精神病院の経験が六十年代のアメリカ詩壇をにぎわせた「告白派」の共通項となっている。狂気や自殺願望の風景は、たしかにこのローウェル一派に共通するが、プラスはローウェルの『人生研究』（一九六一）の自作への影響を人にもよく語ったにも拘わらず、彼女の作詩の動機はむしろ『神に似ないものの国』（一九四四）の頃の初期のローウェルに驚くほど似通っている。つまり宗教的、それもカトリック的である。ローウェルは中年、晩年を通じてニューイングランドのユニテリアンに還帰するが、プラスは教会に帰依することはなかったものの一貫して三位一体的な大いなる愛の神を求め続けていた。分裂病者、カトリック信徒あるいは「死と再生」の秘儀の巫女というような分類になるべく頼らないで、詩の解釈は行なわなければならないのは当然であるが、「エアリアル」の最後の「衝動」という語につき当たったわたしは、詩人のペルソナを超えて、その深層心理に、その神概念の発生源と推測されるところまで降りてゆかねばならなかった。

5

シルヴィア・プラスの精神分析的自己認識の深まりは詩の豊作をもたらしている。一九五七年の「不安なミューズたち」（Disquieting Muses）はプラスの母親憎悪から、「神託の衰退に寄せて」は神であった父の死への恋慕から生じている。[19] そしてこの深層の風景をデ・キリコの同題の形而上的絵画に見出して、その絵に寄せる形でうたっている。デ・キリコの超現実的幻想のモチーフは、六三年の「神秘家」の最終連にもあらわれている。プラスは日常生活の写実の確かな各断片から、超現実の変転する夢幻の世界を組み立てている。

エレクトラ・コムプレックスは一九五八年の「五尋の海底」と「ローレライ」で、水の幻想――水死と再生の夢――と結びついて素晴らしい形を与えられた。[20] その翌年一九五九年「アゼリア道のエレクトラ」、「蜂飼いの娘」、「黒衣の男」、そして「巨像」では、二年前の「神託の衰退に寄せて」のテーマであった父の死と神の死の等価は、壊されてしまい父の像は分裂し、断片化し娘の恋人であり殺人者、死神そのものに変貌する。[21] 六二年の十月から始まり死に至るまで衰えをみなかった異常な創作の期間は、分析医とのコンタクトはなかったが、法的な離婚への決意に続く、異常な精神的身体的な緊張の時期でもあったが、二人の幼児をかかえてかなり実務的に事柄を処理していったとみえる。この決意と処理が創作と深くかかわっていたことはいうまでもない。どちらが原因でどちらが結果とは定めにくいが、おそらく両方が効果的に作動し合っていたと思われる。もっとも有名な「ダディ」や「ラザロ夫人」は、プラスの心に積年の間、蟠り、精神分析的には、言語化されかかっていたものが、ここにきて、積極的に力強く処理されたひとつの結果であった。それはけっして病的衝動そのものではなく、うまく処理され、いわば手なずけられた狂気と偏執ということができよう。[22]

「エアリアル」も「十月のひなげし」も、前述の二作と同じ十月に完成されている。先程から論じかけている「エアリアル」の最終連の解釈において、わたしが「自殺」と「衝動」の連関について、その連続性をとらず敢えて切り離したのは、この時の詩人の心的世界の構造からの推定である。プラスの心象はもともと悲しみに敏感で暗く、知的なアイロニカルな作風は表面の飾りに過ぎない。習作時代から言葉の上手な使い手であったから、彼女にとっていわゆる詩的な詩をつくることはそう苦労でもなかったらしい。彼女の労苦はむしろその美しく凝った形式から動きと声をとり出すことだった。この点でアメリカの五十年代の知的なアカデミックな引用と、繊細で精確な真理で充填された「調理された《クックト》」詩から、六十年代の奔放な「生のままの《ロー》」詩へという詩壇の趨勢とプラスの詩の成長の方向とは共通だったといえる。

　詩の書き方について、一九六一年三月一八日の「チューリップ」が境界をなすといわれている。[23] それまでの慎重に類語辞典から一語一語拾い出すような書き方から一変して、家族に手紙を書くときのような素早い気楽な書き方になったといわれる。それはたしかに彼女の「声」を見つけるのには適していた。「チューリップ」と対をなす「ギブスの中で」も同じように、一人称の冗舌体であり、ほぼ十二シラブルの長い行を七行重ねたスタンザを八連も連ねている。（「チューリップ」は九連。）しかしその声の発見を別にすると、その心象風景は、やはり弱々しくもの悲しい。[24]「チューリップはあまりに息づまらせる、ここは冬なのだ」、「わたしは爆発とは一切関係なし。名前も洋服もナースにあげてしまい、わたしの記憶は麻酔医に、身体は外科医にあげてしまった」、わたしの身体は今や「小石、水がやさしくその上を流れる」とプラスの胎児回帰の願望が「水中のまるい小石」として表われる。この形での自殺願望はくり返し表われ、最後の「言葉」の中の〈ちいさな水たまりをのせて、ころがり落ちてゆく岩、白い頭蓋骨〉で忘れられないイメージとなった。こういう「わたし」の病床に見舞いの花は不用なのだ。「チューリップはまず第一に赤過ぎる」のだ。「その赤さはわたしの傷口にひびく」。しかも「たけだけしいチューリップはわたしの酸素を食べてしまう」のだから、猛獣のように檻の向こうに閉じ込めねばならない。ただこの花の効用は詩人に愛のハートの存在を気づかせてくれたことだ。

そしてわたしは自分の心臓に気がついた、閉じたり開いたりそれは
わたしへの純粋な愛からその赤い花の花弁を咲かせる。
わたしが味わう水は暖く塩からく、海のようで、
健康のように遙かな遠い国からやってくる。

こういう忠実なやさしさへの願いは「月といちいの木」の「禿頭で荒々しい、私の母なる月」と「黒と沈黙のメッセージをおくる、私の父の木」のさびしい世界にたたずむ詩人の聖マ

リアの像へ送られる眼差しにこめられている。[25]「……マリアのような甘美、その青いマントから小さなこうもりやふくろうたちが飛び立ち——画像の御顔は、ろうそくの光でやわらげられて、その柔和な目差しを、特別にわたしの上に、注いでくださる」。

「月といちいの木」から約半年後、一九六二年の四月二日に「小フーガ」が作られた。[26] この詩はプラスの自選の第二詩集——、『エアリアル』と名づけられるはずだった——には入れられていないで、六五年にテッド・ヒューズによって収録されているが、プラスの心的世界の詩化作用を知るには重要な詩である。プラスは一夜、ベートーヴェンの「大フーガ」をきく。月のあかるい風の強い夜だった。窓外のいちいの黒い木立と風に吹き散らされる白い雲、「黒い木、白い雲、恐るべき錯綜と秩序」、「ゴシックで野蛮で、純粋なドイツ風」、「わたしは黒のメッセージが好きだ」。白い雲は白い眼、「わたし」が船上の食卓でとなり合った盲目のピアニストの目を思い出させる。彼の指は「いたちの鼻をもち」、食物をかきさぐり、白痴の鍵盤から嵐のような音楽をまきおこす。でも父は死んで何も聞こえず何も言えない。ただこの娘はその「幼児のときと同じ、黒く繁った葉のような声」を記憶に浮かべるばかりである。けれども今やベートーヴェンの「大フーガ」を通じて死者たちが叫び始めるとき、父の沈黙は「わたし」の悪夢を「赤く、斑らに、斬られた首のように彩り」、父のプロシャの青い眼とオレンジ色のブリーフケースだけが「わたしのびっこの記憶」にのぼる。ここから「ダディ」のナチの将校のイメージへの飛躍はそう困難ではない。
ここでの「わたしの父は」、「そんなにも黒い通路」、「では、あんな男だったんだ！」という詩句を通過して、プラス個人の父親像からドイツ的、ゴシック的、蛮行的な父権的なイメージに変貌していることに注目しなければならない。さらに注目すべきは、プラスの日常的心性がこの妄想的タペストリーのさいごの一連に書き込まれていることである。

その間をわたしは生きながらえる、
わたしの朝をととのえながら。
ほうらこれがわたしの指、これがわたしの赤ちゃん。
雲はどれも結婚衣裳、あの蒼白さに属す。

ここにすでに自分の偏執をどうにか処理しながら生きてゆくという考えが現われている。病的な受動性一辺倒から健康な能動性への移行は、この年の秋、実生活上の決意と処理の行動と共にみられること、また異様な熱に浮かされたような霊感に恵まれた創作期間が始まったことは、すでに述べた。
この霊感の訪れと共に、詩風はたしかに一変した。「チューリップ」で拒否されていた「赤」、愛と生命力の烈しさは、ためらわずに受け入れられた。しかし幼時からの裏切られた愛の傷痕は、この夏のテッドの事件で新たに傷口を開かれねばならなかった。痛恨、復讐、憤怒が、かねて手練のきびしく、ひきしまった詩形と神話的元型的なイメージを通じて噴出した。詩の内容が深層心理の超現実の言語に依るにつれ、色彩語の象徴性も当然増している。「エアリアル」は順次に黒、青、赤と黒、白、赤の語を、とくにその位地によって強調的に示す。その秩序は詩の背景をなす現実の時と所に照応しつつ（暁暗—薄明—ブルーベリーの実—光り—日の出）詩人の心的世界の自我像の気分（低迷—希望—恐怖—肯定的自我同一性と—否定的自我同一性の分裂—その融合）にも対応する。「赤」はここでは、「チューリップ」にみられたあの身体的生命力に対する恐怖感を表わすときは「黒い」「暗い」と共に用いられているが、最期の統一的自我像の出現と共に、ただ「赤」一色、燃え輝き昇る日輪の色とされている。飛び散る露のごとき古い弱々しい「自殺的」な自我は、まっ赤な朝日、創造的衝動と力強く一体となり、創造的な力にみちた新しい存在となる。

「十月のひなげし」では色彩の秩序は一連の赤のあとに白と青が配置される。この詩は三行詩四連の小ささの中に驚くべき力を秘めているが、それは「エアリアル」の「赤」と同じように望ましく烈しく希求されるべきものとしてその「赤」が用いられているからである。十月の寒い霜の早朝、まだ青い薄明の麦畑中に、詩人はまっ赤なひなげしが咲いているのを発見した。

帰り咲きの赤い花のその赤さは、東天の茜雲《あかね》よりも、心臓を撃ち抜かれて救急車で運ばれていく婦人の胸よりももっと赤い。これは天からの賜物だ、大いなる愛の啓示なのだ。そして周囲の一酸化炭素にかよわい焔を点火して燃えながら、取り澄ましたいかめしいシルクハットの紳士たちの環視のうちに、弱まり消えてゆく女の愛の姿とは何という相違だろう。突然、求めてもいなかったのに訪れてきた愛、賜物としての自由な大きな愛の啓示に、詩人は深く打たれて叫ぶ――「ああ神さま、わたくしとはいったい何物なのでしょうか／こんなに年も晩《おそ》い月に口を開けて叫ぶとは／霜の白い林、矢車菊の青の暁の中で」。

詩人はここであの「子供の叫び」にも劣らないリアルな何かを自分のうちに感じている。「このひなげしの赤のような大いなる愛の賜物を恋い慕うほど真実なことがあるだろうか？」と詩人は自問する。あまりにも素朴、あまりにも純粋な夢、と笑うのはたやすい。プラス自身もその当惑を、「こんなに年も晩《おそ》くなった頃」と遅れてやって来た肯定的自我同一性の発見だったことを述べずにはいられない。しかもすでに四囲は一面の「白」、整然として冷たい結晶の世界であるのに。そして「青い花」のロマンチシズムは、冷酷な途方もないファシズムにいつなりと変貌するかもしれない。しかし、この「十月のひなげし」は「七月のひなげし」という六十二年七月二十日の作品と比較してみると、なおその愛の純一さがはっきりする。[27]

「七月のひなげし」では、「赤」はチューリップのときと同じ邪悪な生命で、「おまえが、そんな風に、唇の表皮のように襞を寄せてくっきり赤く、ちらちら燃えているのを看ているのはわたしを疲らせる」。それはしかし麻薬でもあって「おまえの液体は、このガラスのカプセルの中の、わたしにまで滲みてきて、鈍らせ、鎮《しづ》める」と、あの『ベル・ジャー』の下の自我の幽閉が暗示される。第六連の二つの接続法（「もしもわたしが血が流せたら、それとも眠れたら！――／もしも私の唇がそのような傷口と結婚できたら！」）も衰弱した退行的な自我を示す。この詩の次の作品「手紙を焚く」の中には、「ひとつの赤い破裂、ひとつの叫びが引き裂かれた袋から裂けて出……」や、「暖かい雨はわたしの髪を濡らし、何物も絶滅させない。／わたしの血管は木立のようにひかる」、「犬どもは狐を引き裂く」と、彼女の持病の鼻炎の悪化と神経症の再発の疑いを暗示するイメージがみられる。[28]

「七月のひなげし」は『原エアリアル』にはなくあの「小フーガ」同様テッドの手で一九六五年版に収録された作品である。ここで、この二つのひなげしを詠んだ詩を比較、商量してみたい。その比較の際、どういう特質が見出されるだろうか。第一に七月、盛夏の一面の花ざかりのひなげしの景観は、詩人の心を十月の遅咲きの花のようにはときめかさない。七月のひなげしは、「わたしの手をその炎の間にさしのべても、何も燃えない」、ただ「無彩色のつまらなさ」と描かれるのに対し、十月のひなげしの赤さには最大級の暗喩が動員されて、感動的に叙されている。第二は七月のひなげしには曖昧性が与えられている。〈わたしには、その炎の赤さはいとわしく、その催眠性の汁は望ましい〉。けれども十月のひなげしは「わたし」にはエピファニー、人生の真実の開披の稀なる瞬間であった。第三は、このように、プラスにとって、隠された意味の迸り出る至福の瞬間は、自然の壮麗の只中においてであるよりも、裸形の季節、暁の時刻であるといえる。自然の豊満壮麗はプラスを疲らせる。

このようにみてくると、「七月のひなげし」が「十月のひなげし」と並べて配列されることがいかに大切なことか分かる。『原エアリアル』の「十月のひなげし」一篇でも十分過ぎる程人目を惹く作品であるが、やはり「七月のひなげし」がジャクスタポーズされることによって、詩人の詩作の態度が分かり、詩人をいっそう我々に近づける働きをする。

では「小フーガ」の挿入には、どんな効用があったのだろうか。「月といちいの木」では月のアニマ性、いちいのアニムス性が明け方の墓地と教会の「青の画面」の中に渺々とただよっていたが、「小フーガ」にはきわめて告白的な、アニムスではない想起された父親像が、月面をかすめて乱れ飛ぶ白雲の中に描かれている。「ゴシック、バーバラス、純乎たるゲルマン的性格」。「小フーガ」のさらに半年後の「ダディ」や「ラザロ夫人」の中にはっきりあらわれる父親とファシストの同一視、自己とユダヤ娘との同一視の成立の素地はすでにここに萌している。

以上、プラスの再読にあたって、わたしはとくにペアをなすと思われる二篇ずつを選んで考察を加えてみた。「ご親切」と「神秘家」、「エアリアル」と「十月のひなげし」、「月といちいの木」と「小フーガ」、「十月のひなげし」と「七月のひなげし」のように、八篇を順次比較対照させながら、プラスの詩の意味をそのぎりぎりの縁まで追いつめていって、自殺と再生、神の愛と自我などの語の底にある先言措定を検討してきたつもりである。プラスの詩は本当に死との危険な賭けから生じたのであろうか？　いく度もこの問いを投げかけながら読んでも、答えはその都度ちがってしまう。死に賭けるというよりは、死の偏執からの解放が彼女にとっての詩であった、という風に今のところは考えられる。

「ラザロ夫人」の「死ぬことはひとつの至芸《アート》、他のすべてと同じに。比類なく巧みにわたしはやっています」(Dying/is an art, like everything else./ I do it exceptionally well)。甦りの女にとって、すべては芸であり術である。そして死ぬことも、芸／術である。そうならば死の芸／術はよく行なうか、へたに行なうかのどちらかであり、このすでに三回目の死をくぐった女は、いま三度目のナチの強制収容所のガス室での死から甦り、「その灰燼から、赤い髪をもってわたしは蘇り、そして空気のように男どもを喰べてしまう」という鮮かな（？）転身をとげる。たしかに他の追髄を許さないみごとな回生である。しかしここで奇妙なことが起こる。「死ぬこと」は自動詞であるが、それはまた、「それをすること」と他動詞表現も与えられている。

地獄みたいな気分がするのでそうするのです。
本物のような気がするのです。
私には召命があるとあなたはいうかもしれません。

「地獄みたいな」という文字通りの訳は、「痛快な気分」という俗語表現の奥にひそむ倒錯的な感情を示すためである。死ぬことを他動詞的に行うとは自殺か他殺か、いずれにせよ殺人行為であろうか。死ぬことの専門家、とくに他から選ばれた特別のエリートという意識は、プラスの生育史上の事実から由来することに誤りはない。この前後の詩行のレファレンスがそれを証明する。「一度目はわたしが十歳のとき起こりました」は八歳の時の彼女の父の病死をさすが、この詩の冒頭の

またもそれをしてしまいました。
十年目ごとに一年
なんとかそれを――

の「十年目に」に合わせた変更である。「一度目はわたしのつもりではいつまでも続き全く還

って来ないはずでした」では、二十歳の時の睡眠薬による自殺未遂事件をさす。三度目は彼女がユダヤ娘であって、収容所で生体解剖をされて死に、衆人環視の白昼に、傷だらけの体で蘇生しなければならないという空想である。その空想の重点は、犠牲者が人目にさらされる苦痛に置かれる。〈それは真昼間の劇的なカムバック、もとの場所、もとの顔、もとの野蛮な大衆の笑いと叫び！〉と演劇的な身ぶりを示している。「奇蹟だ」という叫び声にかこまれて、彼女はいたたまれない思いに駆られる。

ここで「死と再生」の儀式は、望ましい静かな死から、騒がしい、みだらな生への移行を示す。「末期の眼」で眺められた生は、彼女にはみだりがましく、おぞましい。そこで宿命の復活を彼女らしく生き延びるためには、彼女は徹底して犠牲者、受難者の姿勢をくずすことができない。彼女を三度目の死に追いやったユダヤの敵、ナチの医師に向かってこの受難の犠牲者は叫ぶ、

わたしはあなたの作品《オプス》、
わたしはあなたの貴重品、
金無垢の嬰児、

それは熔融してひとつの叫喚となる
わたしは回転し焼かれる。
あなたの大きな心づかいをひくく見積ったとお考えにならないで。
（「ラザロ夫人」第二十二、二十三連）

私を徹底的にオブジェ視するマゾヒズムと、燔祭の羊として捧げられた犠牲とみる裏返された宗教心は、「マリアの歌」の中にそっくり、もっとはっきりと歌われている。[29]

主日の小羊はその脂の中ではじける。
脂は
その不透明さを犠牲にする……

ひとつの窓、聖なる黄金。
火がそれを浄らかにする。
その同じ火は

獣脂の異端者どもを融かし、
ジューどもを剥奪する。
彼等の棺をあつく覆う布は

ポーランドの瘢痕、燃えつきたドイツの上に
はためく。
彼等は死ぬことがない。

灰色の小鳥がわたしの心に憑きまとう、
口の灰、眼の灰、
彼等は定住する。いと高き

断崖の上
そこからひとりの人間が宇宙の中に消されていった
あかあかと、天国のように炉は輝いていた。

それはひとつの心臓、
これはわたしがその中を歩む大惨劇、
ああ、この世が殺して食べる黄金の子供。

ここでは聖なる日曜の家庭の食卓という現実と、アウシュヴィッツを訪れた記憶とが、ラムステーキをめぐる超現実的な詩想の内包をつくっている。小羊のあぶり肉は、詩人の想像力のうちで、火あぶりの刑を課された異端者たち、魔女たちからドイツ、ポーランドの強制収容所で虐殺されたユダヤ人たちとなるが、それはさいごには聖なる神の子キリストの受難とひとつになる。詩人の心にしつこくつきまとって離れず、その心を焼けただれさせるホロコーストを、つつましい家庭的なイメージを用い、機智にとんだコンシートを織り出してうたうさまは、現代のメタフィジカル・ポエトといえよう。「ラザロ夫人」にはもっと同じ現代の状況への激烈な告発があり、犠牲の小羊は、祭壇の代わりに、みだらな世人の眼のそそがれるストリップ劇場の上で、さらし者の屈辱に耐えねばならない。しかしその屈辱もまた過ぎ去る。敵どもに〈ころがされ、焚かれても〉、もはや「肉、骨、そんなものはない」、ただの灰となったわたしは、

その灰から
赤い髪をして甦り
男どもを空気のように喰べてしまう。

しかしこの赤い髪の魔女、人喰いの鬼女は、この世が殺して食べる幼児キリストと同一である。詩人プラスの心性の奥では、「殺す」「食べる」と、「殺される」「食べられる」は結局ひとつなのであるから。日常の行動、日常語の動詞は、能動と受動の区別された態をもつ。しかし深層心理の言葉である詩においては、この二つの態の区別は消える。日常語で「生まれる」(be born)は受動態だが、「死ぬ」(die)はそう表わされていない。プラスが若い頃から一貫して傾倒していたリルケには「自らの死を死ぬ」という風な表現があり、その「自らの死」には果物などが成熟して地に落ちるように、時が自ら熟して生から別れて別の存在にはいってゆくというような深い運命への信頼がみられるようだ。しかしプラスにはその「時塾」の観念がなく、自ら出ていって死の果実を自分の手でもぎとってしまったような烈しさ、荒々しさが目につく。とはいえ、彼女にもリルケのような生き延びることへの甘受というような運命観が皆無なのではない。「小フーガ」の最終連、「その間わたしは生きながらえる、／わたしの朝をととのえながら。ほうらこれがわたしの指、これがわたしの赤ちゃん。／雲はどれも結婚衣裳、あの蒼白さに属す。」の死と生の観方には、この運命観がその静かな冷ややかな諦念と共によく現われている。ラザロ夫人の場合にも、その反抗的な姿勢の対象は、たんに父の死、自殺を未遂に終わらせた人々、ナチの医師であるばかりか、じつは死んでも生き返らなければならない運命に向けられたものである。「猫のようにわたしは九回死なねばならない」。その度に「微笑」の仮面をつけ、下品な世間の観客にサービスしなければならない。「紳士淑女のみなさま方、これが私の手、そして膝にございます」には、「わたしの朝をととのえる」ための「わたしの指」はないけれども、その気分の明暗を別にすれば、全く同じ構文、全く同じ「生き残り」の感覚がみられる。その運命を手なずけることは、〈猫のように九回の生、すなわち九回の死をくぐり抜ける〉〈死ぬことはアートであって、とびきり上手にできる〉というような詩句に表われている。しずかな諦めよりも、挑戦と処理、運命の甘受よりも運命の手なずけは、詩人プラスの誇らかな自負にみちている。この頃、新しい劃期的な詩が次々に生まれていた。虚飾を捨てて、彼女の心に本来的なイメージにだけ頼るようになった詩は、長短さまざまのシラブルの二行詩か三行詩を七つも八つも続ける、極度にひきしまった、軽やかな詩形をしている。プラスの旺盛な創作衝動と、積年の修練による機械のように正確な詩作の技巧が一体となって、すばらしいスピード感と異様な力にあふれた詩が生み出された。

その中のひとつ、「使者たち」は、メタフィジカルなスタイルで、エミリ・ディキンスンの詩のような魅力をそなえている。純粋な真実の賜物を待ち続けている「わたし」の許に急使が次々とプレゼントを運んでくる。[30] けれどもまやかしばかり。本当にわたしのもの、純粋で、本物、虚飾でないものは届けてもらえない。しかし、本当のプレゼントである愛をわたしはじっと待っている。

葉っぱのお皿の上の蝸牛《かたつむり》の言葉？
わたしのではありません、受け取らないでおいて。

封印された缶のなかのアセトン酸？
受け取っちゃだめ。純粋でないから。

中に太陽をかかえた金の指輪？
ウソよ。ウソと嘆きとためいき。

葉におく霜、「汚れなき《イマクラータ》」
魔女の大釜、しゃべくりはじけて

九つの黒いアルプスの
九つの峰の上で自己自身になる。
鏡の中の錯乱、
その灰色の鏡をくだいている海——

愛、愛、わたしの季節。

さいごに『原エアリアル』について触れておきたい。一九八一年の『全詩集』は、五十篇の習作時代の詩と一九五六年以降の二二四編とがほぼ決定された年代順に従って配列されたため、これまでのそれぞれ特別の編集意図の下に編纂された各詩集のかげに隠されていたプラスの詩の種々様々な性質が、十分に考究されることができるようになった。この小論も、この度の年代順に若い詩から読み直していく過程で浮かんできた考えをまとめたものと言える。この考えは、まだプラスの詩についての決定的な判断と呼べるものにはほど遠いが、その詩の性質のある面、これまであまり気づかれなかった愛、とくに「大いなる愛」への希求の根本性に注目している。この愛の発見ないし積極的な読み込みは、この『全詩集』で言及されている『原エアリアル』の研究によっている。現在、『エアリアル』は一九六五年の英国版を嚆矢とするが、実はプラス自身、死の前年の暮頃までにそれまでの作品を四十一篇集め、配列も定めて、ファイルしていた。この第二集となるものの題名は次々変わり、「ライバル」「誕生日のプレゼント」「ダディ」等を経て「エアリアル」に落ち着いた。現行の『エアリアル』はその後の一九六三年二月五日までの十二篇から九篇も採り、しかも総数四十一篇から四十篇に減じているので、結局『原エアリアル』からの削除十四、新規に加えたもの十三となる。その変更の詳細は別にゆずるとして、注目すべきことは、新規に入れた六二年の作品三篇と六〇年の一篇である。この四篇とは作品番号一二三「吊り下げられた男」、同一五八「小フーガ」、同一七〇「七月のひなげし」、同二〇六「歳月」で、いまはいずれも『エアリアル』に欠かせない重要な作品となっている。[31] 私の論稿にとっては、「エアリアル」「十月のひなげし」「月といちいの木」などのキイ・ポエムの対として不可欠であった。このような重大な詩を拾って入れたことは、テッドへの烈しい怒りや憎しみの詩を削除した結果の埋め合せであるとは言え、テッドの怪我の功名であったと思う。

新しい誕生　「ヤドー」詩篇群の位置

1　ヤドーにおけるシルヴィア・プラス

ヤドー（Yaddo）は、ニューヨーク州の北部、サラトガ・スプリングスにある芸術家コロニーである。アメリカには、ヤドーの他にも、「マクドウェル・コロニー」など二、三の「芸術家コロニー」と称せられる施設があるが、これらはただ芸術家専用のリゾート・ホテルないし一種の芸術家村ではない。滞在客はすべて招待制で費用は無料である代わりに、制作に専念するための一定の日課に従わねばならず、一種の聖域、芸術至上主義の僧院という趣きがなくはないと見受けられる。

一九五九年の秋、シルヴィア・プラスは、夫テッド・ヒューズと共に、このヤドーのフェローシップ基金を受けて、二ヶ月余りをここに過ごした。「お二人は九月九日から十一月十九日までここにお泊まりでした。たいへんお仲が好く、とてももの静かで、たいてい二人きりで過ごされ、感じがよく、たいへん勉強家で、ヤドーの提供するような種類の生活を喜んでいらっしゃるようでした…」と、当時を回顧して、ヤドーの所長秘書、ポーリン・ハンソンは語っている。[1]

シルヴィア・プラスがヤドーからウェルズリーの実家の母と弟宛てに書いた手紙四通が、『家への手紙』のうちに見出される。[2] それらによると、上述の秘書——ポリーの愛称で親しまれていた——のいわゆる「ヤドーの提供するような種類の生活」の輪郭と感触がどのようであったか、そのいくぶんかを知ることが許される。九月十日、ヤドー到着を報じる手紙には、「とても静か、そして贅沢」、「こんな平和な感じは生まれて初めて、これなら一日に七時間くらい、読んだり考えたり書いたりできそうな気分です」などと最大級の感激の言葉が連ねられている。「生まれて初めて」はプラスのいつもの誇張した口ぐせとしても、この森と湖に囲まれた古びた城館風の邸内での生活に、昔、落魄の詩人が「旅への誘い」で繰り返しうたった「秩序と美、贅沢、静穏、そして悦楽」の生活の実現を感じとったのは、あながち誤解とは言いきれない。

ヤドーの静寂さは、一つにはその広壮な敷地に負っている。「最上〔三〕階にいるのはわたし独り、……東の窓から、外のベランダやいくつもの破風越しに、丈の高い密生した緑の松林が見下ろせます。音といえばただ、鳥の啼き声だけ、それから、夜になると、サラトガ競馬場のアナウンスの叫びが、遠くはるかに夢のように響くばかり……」という文面は、詩人の仕事部屋が外界の騒音から幾重にも遮断された状況を示している。[3] いま一つの理由は、個人の創作中心の生活様式を尊重した日課である。同じ手紙によると、朝食は大食堂で八時から九時の間の好きなとき、その後は、各自、お弁当および牛乳とコーヒーとの二つの魔法瓶を受け取り、一日中、中断されることなく、仕事にとりかかることができるようになっていた。もっとも午後のお茶と談話、夜の自作の朗読会やコンサートなど滞在客同士の交流にも事欠かなかったが、プラスたちが到着したとき、相客は十人余り、十月にはさらに三、四人に減っている。

十月七日付けの母への手紙には、しかし、この同じ静寂な規則正しいヤドーの生活に、別の評価が与えられている、「……ほんとに何のニュースもありません——ここでの生活はとても閉鎖的です。ただ朝食をとり、お弁当を抱えてめいめいの仕事部屋にゆき、書いたり読んだり調べたり、それからお茶と少々のおしゃべり、夕食をとり、寝る前に読むだけ……」。[4]「閉鎖的」であるとプラスに訴えられている生活は、ヤドーでの日常の慣行であった。到着時に彼女を有頂天にさせた「とても静か、そして贅沢」に満ちた芸術至上主義の創作が、「中断させられたり」邪魔されたりすることがないための配慮であった。こういう配慮に基づくヤドーの生活慣行が、「閉鎖的」な隔離とみなされるようになったのは、なぜであろうか。その理由にはいくつかが考えられる。

まず第一に考えられる理由は、ヤドーは一時の避難所、保養地であって、永続的な創作の場所ではない、とプラスがみていることである。「芸術家のなかには、こういうコロニーに一年中暮らしている人がいます。冬の四ヶ月をヤドーで過ごし、それからマクドウェル・コロニーに移るなどして」と同じ十月七日の手紙で同宿の客から聞いた噂話を伝え、「わたし自身は、けっして、そんなことはできないでしょう――まったく真空のなかに住むようなものですから」と断言する。[5]「閉鎖的」なコロニーの生活が「真空」状態に譬えられている。この手紙のコンテクストからは、この真空の比喩は好ましくない否定的な調子を帯びていて、真空では人は生きられない、窒息する、という恐怖感がこめられている。

ではヤドーは、それほど、実生活の生彩と活気にともしく、ただ真空状態からの、いわば「無からの創造」を、そこの滞在者たちに強要するような雰囲気であったのであろうか。答えは否定的である。ヤドーのどこにも、人を息づまらせるような真空地帯の恐怖は存在しない。ヤドーは他のコロニーのなかでも、とりわけ、美しく広大な自然の景観で有名であり、池や噴水や彫像の並ぶ薔薇園、うっそうとした森のなかの散歩道、ボート漕ぎや魚釣りのできる湖など、創作の疲れを休める場所に事欠かない。テッドにはここでの魚釣りが来る前からの楽しみであり、九月二十三日付けのシルヴィアの母宛ての手紙には、二人でボートで釣りに出て、大きなバス〔マスに似た魚〕を一匹ずつ釣り上げたことが楽しげに報じられている。しかし、彼女の日誌には、彼がいつも早朝から釣りに出るための物音で、せっかくの眠りが邪げられることが腹立たしげに記されてもいる。[6] また本館は、後期ヴィクトリア様式を主にした、ゆったりとした城館風の建物で、滞在客には、宿泊室の他に仕事部屋（studio と呼ばれていた）が与えられ、いくつかの図書室、雑誌ルーム、音楽室などもあった。シルヴィアはここで沢山の本を借りて読み、朗読やコンサートの催しを楽しんだりもした。

しかし、この美しい本館は、九月の最後の週末に閉ざされ、プラスは、手紙ではそれに触れていないが、日誌ではその結果による損失を大いに歎いている。九月十六日付けの日誌には、すでに、現在の見晴らしのよい部屋を出て、「倉庫の二階の〈ガレージ・ルーム〉に移ったら、どんなに、ここの壮麗さがなつかしくなることだろう――古めかしい金糸入りのビロードのクッション、踏みしめられた部屋のカーペットの光沢、屋内の噴水、ステンドグラス、トラスク家〔ヤドーの所有者〕の子供たちや……の油絵の額……」と記されている。[7] また、九月二十九日、引越し後の日誌には、「この倉庫部屋でぐずぐずと朝食、学生寮か刑務所か精神病院の部屋を思い出させる」と大げさな不満が洩らされている。どっしりした黒光りのする梁天井、彫刻の施されたテーブルや椅子、白い女神像の点在する庭園の眺望をそなえた大食堂や豊かな蔵書の図書室など、室内空間の贅沢さこそ失われたとはいえ、終日、好きなだけ創作と気晴らしに没頭できるという時間の贅沢は相変わらず許されているにもかかわらず。

それとも、ヤドーの管理体制が、プラスにそこでの生活を閉鎖的な隔離と感じさせたのであろうか。すくなくとも、ヤドーの管理者たちが彼女にそういう強制を感じさせたのであろうか。母への手紙には、テッドも自分も、所長とその秘書とうまくやっていること、秘書のポリーはまたいつか、もっと長期間の滞在をすすめてくれていること、また、いつでもヤドーが自分たちを受け入れてくれると考えられるのは素晴らしいことと思う旨などが、繰り返し語られている。所長のエイムズ夫人は、ヤドー・コロニーが一九二六年に開所して以来所長をつとめ、第二次大戦中はとくにナチス・ドイツから避難してくるヨーロッパの学者、芸術家たちを迎え入れた経験をもつ、「ヤドーの母」的存在であった。母性的よりむしろ母権的であったかも知れないが、しかしエイムズ夫人は夏のシーズンが終わると十月の初めにヨーロッパに旅立っている。自身、詩人でもある秘書のポーリン・ハンソンは、この文の初めに紹介した言葉の通り、この若い詩人夫妻に儀礼的好意以上の親しみを感じていたらしい。プラスの手紙のなかにも「とてもいいひと」、「とてもやさしいブルックライン〈ボストンの高級住宅地〉出身の女性」と言及されている。十月二十八日付けの母宛ての手紙には、「昨夜ポリー、あの……女性が、わたしの日〈シルヴィア・プラスの誕生日〉のお祝いのためにディナー用に二本のロゼワインとろうそくを立てたバースデイケーキを用意してくれました、それでわたしはとても感激しました」とある。「ポリーの木」という詩は、彼女のデリケートな心づかいへの返礼の贈物である。[8]
このように調べてみると、プラスのヤドーでの二ヶ月余り、十一週間に及ぶ生活は、理想的な余暇の過ごし方であって、閉鎖的な隔離、息づまる真空状態とは言い難いと考えられる。「隔離」ないし「真空」は、じつは、シルヴィア・プラスの内面にこそ存在したのである。

2 シルヴィア・プラスの「ヤドー」詩篇群

プラスの第一詩集、『巨像その他』とヤドーとの関連は、つとにテッド・ヒューズによって指摘されている。彼はヤドー滞在期を、『巨像』詩集の完成のとき、であるのみならず、プラスの生涯の第一部の頂点である、ともみなしている。[9] この当時、二人は結婚して三年目、しかもその間、学生から教師に、また一年後には教師を辞めて創作に専念する決意を固めて浪人の一年目という目まぐるしさ、しかも、半年後に待ちに待った第一子の出産を控えてイギリスで暮らすことを決め、ヤドーから直ちに渡欧の予定という慌しさであった。「それは、一つの終わりであり、一つの新たな始まりであった。彼女は出産をふかく象徴的な様式において把えた。ことによると、ある事件の象徴的な結末を受け入れた、と言った方が正しいかもしれない。あの数週間後、彼女は猛烈なスピードで、しかも着実な成果をもって、変化していった。」[10]

テッド・ヒューズのこのやや謎めいたコメントは、プラスの詩を一貫した試み、ある一つの神話のなかの数章とみる見方に我々を導く。この読みは結局はそう見当違いではないであろうが、では、どのような話をどのように語ったのか、そのストーリーの登場人物と語り手との関係はどうかということになると、まだよく分からない部分が多い。この小論では、早急な結論を避けて、ヤドー滞在期間中にプラスの書いた詩作品をかりに「ヤドー」詩篇群と名づけ、できるだけ多角的に検討した後、それらと、第一詩集『巨像その他』との関連を、またひろくプラスの詩作の展開上での位地を探りたいと思う。

1では、やや冗長に過ぎるほどつぶさにヤドーでのプラスの生活を、その居住環境——食と住、人間関係——に焦点を宛てて追ってみた。[11] そして創作を至上とする「静かで贅沢」な理想的な環境が、滞在一ヵ月後には「隔離と閉鎖」の病棟のような状況に変化していることを知った。その変化は、プラスの外側からというよりも内側から生じているらしいということも知った。

では、日誌（および書簡）を参照しつつ、『巨像その他』の中の「ヤドー」詩篇群——作品番号百九番から百二十一番までの十三篇——を順次に眺めてみよう。[12]

109番　マグノリアの砂洲　1
110番　眠る人たち　2
111番　ヤドー、壮大な荘園　0
(112)番　蛇のメダル　3
(113)番　荘園《マナー》の庭　3
(114)番　青もぐら（1）（2）　2
(115)番　冥い森、冥い水　2
116番　ポリーの木　0
(117)番　巨像　1
(118)番　私秘の庭　4
(119)番　誕生日のための詩
1　誰　1
2　冥い家　1
3　メナード　1
4　野獣　1
5　葦の池からのフルートの調べ　2

6　魔女の火刑　2

7　石　1

(120)番　燃えつきた鉱泉　1

(121)番　マッシュルーム　1

作品番号に括弧の付されている六篇の詩は、翌年一九六〇年十月ウィリアム・ハイネマン社から公刊された『巨像その他』に拾われた作品である。ただし一九六二年のアメリカ版ではあまりにレトキの影響が強すぎるという理由で百十九番の七部連作は棄てられ、そのなかの五「葦の池からの笛の調べ」と七「石」だけがそれぞれ独立の詩篇として残された。各作品の下の数字は、『巨像その他』も含めて、新聞、雑誌、アンソロジーなどに発表された回数を示す。

作品番号は、『全詩集』(一九八一)に據り、ほぼ制作日の順と考えられる。日誌によると、九月二十五日の百十二番「蛇のメダル」が詩作品へのはじめての言及で、次は十月六日、百十六番「ポリーの木」への言及であるが、これは「蛇のメダル」以前、百九〜百十一番までの三篇と共に、気軽に手馴れた技巧で折に触れてまとめあげた、いわゆる「機会詩」であって、自らの目指している本格的創作ではないと、プラス自ら認めている。もっとも十月十三日の日誌には、極度の鬱状態に苦しみながらも、ヤドー到着後、すぐに書いて送っておいた百九番の「マグノリアの砂州」他二篇〔おそらくその一つは百十五番〕が、ボストンの「クリスチャン・サイエンス・モニター」紙に売れた旨が記されている。

シルヴィア・プラスが目指している本格的創作のためには、まず自己の殻から抜け出さねばならないということが痛感されていた。「蛇のメダル」はヤドーの門扉の脇で見つけた蛇の死骸を丹念に写しつつ、詩人に深く感じられた死生観のシンボルを浮彫りにできた、会心の作と自己評価している。しかし、自己の殻を破るのは容易なことではなく、彼女の自我感覚と創作観は、しばしば、彼女の希求する本格的創作への通路であるよりもむしろ、その反対に障害物となっていることの方が多いと見受けられる。彼女自身も、これについて意識し過ぎるほど意識している。

日誌には、彼女の自意識にこだわる語句が頻出する。「空白な自己自身」「燃え殻のような自己自身」、あるいは「わたし自身は、わたしの深い水底からのうねりの渦巻き、それにぴったりと蓋をしている、小さな衛生的な透明な蓋」、「かわいい人工的な彫像たち」という二重身に分裂した自我像が目立つ。[13] 後に小説『ベル・ジャー』において主題化されるガラス器のなかの窒息的な自我の幽閉とそこからの解放は、すでに、このヤドーの時期には、創作のかなり重要なテーマとして意識に上ってはいるものの、ふさわしいモチーフが得られにくい状態であったことが察せられる。

十月十九日の「巨像」と「荘園の庭《マナー》」、二十二日の「青もぐら」とのちに「誕生日の詩」連作となる詩の萌芽などが得られるに至って、ようやく、長期間のブロック状態が破られ、本格的な創作が軌道に乗り始めたことが分かる。十一月四日、「奇蹟のように『誕生日のための詩』が完成した」、さらに続いて、十一日には「燃えつきた泉」、十四日には「マッシュルーム」が得られたと、日誌に記されている。

「蛇のメダル」以後、とくに、それに「巨像」と「荘園の庭《マナー》」を加えた三篇が得られてからは、プラスはかなりの満足を覚え、新しい一冊の詩集へと発展させるための礎石として用いることができるかもしれないという勇気を感じることができた。しかし、これらは、実は、危ういバランスの上に立つ作品であって、プラスの夢みる真の力強い自己の魂は、なかなか容易には生まれ難い状態にあったといわねばならない。「誕生日のための詩」や「マッシュルーム」は、悪夢を抱えて生きるプラスの自我の主題化に成功はしているが、その自我が不気味な他界との接触の道具にされているかもしれないという不安と不確定性もつよく孕んでいる。しかも他方、プラスには絶えず自分の才能を「かわいい人工的な彫像」に磨き上げる細工師へと駆り立てる強い衝動があり、つねに「わたしの上に注がれる一つの目」、「けっして満足せず、つねに咎めだてをするわたしの詩神、わたしの守護の仙女たち」というような語句がそれを表明する。デ・キリコの形而上絵画の一つ「不安なミューズたち」に、西欧の学芸と文明の伝統の重圧と魅惑に呪縛される芸術家の自己同一性を、プラスが灼けつくように感受したことは当然であったと思われる。もちろんそれまでの読書経験による英文学の巨匠たち、そしてスミス・カレッジやケンブリッジ大学でのとくに女教師たちの姿もその像に重合されている。深く、活きいきした生命のうねりに乗って、その経験を創作に定着し、不朽の芸術のなかで生き続けさせようという悲願と、絶えずその願いに裏切られ続ける苦しみと絶望、――プラスの日誌は、この苦悩と絶望で暗く、つねに悪夢で重い。テッドのいう「神話づくり」は、かれの証言のようには簡単ではなく、プラスのむしろ、しばしば、なにか一貫した物語の構築から逃げ出したい、手馴れの技巧で、折々の触目の風物や人事を、抒情的にうたいあげたいという性向を見せている。[14]

「ヤドー」詩篇群は、わずか二ヶ月、十一週間の期間の、しかも短篇と児童絵本『ベッドの本』を除いた少数の作品から成るが、これを一つの総体としてみると、以上でみたような、プラスの創作上のある特徴的なパタンが表われていると考えられる。つまり、創作の真の源泉である自己の深部に下降する前に、しばらく自己から眼を離し、周囲の環境のスケッチや抒情歌などの丹念な仕上げに凝るというパタンである。折々の出来事をとらえた「機会詩」、四季の風物に思いを寄せた「自然詠」などが、ヤドーの詩群に占める割合は多い。しかもこの時期の最初に訪れた本来の創作、「自己自身の神話化」としての「誕生日のための詩」連作のなかにさえ、この時期の秋の自然やヤドーの相客たちの姿がちりばめられている。[15] 文字通りの日常的現実、共通言語の世界は、プラスの詩的構築のなかにも、さまざまな程度に変容されて、存在する。

3 ヤドーの詩的変容——三つの詩

プラスの詩的創造のプロセスは、究極的には、ある「神話」をめざす現実の変容であった、そして、彼女自身の結婚、受胎、出産という身体的、性・情動的レベルでの経験と心的レベルでの創作との幸運な平行関係は、結果的に事実となった——このようにテッド・ヒューズは主張するけれども、それも、やはり一つのプラス理解のためのお話、プラスをめぐるある神話に過ぎないことは、銘記されなければならない。

プラスの詩が構築し表出する神話は、個我の尖端であると同時に世界史の根であるような、ある超越的な世界、個人史と世界史が一つであるような、ある深層の物語、その登場人物は昔話の神々であり、悪霊であるような超現実の世界である。それに反して、プラス個人をめぐる神話、通称、プラス神話は、作品についてでなく作家についての、意図的ないし非意図的な、エピソードや伝記的事実と称されるゴシップから成立する。いずれにせよ、この二つの「神話」はプラスの作品の研究者が避けては通れぬ危険な岩である。
以上の留保をつけた上で、プラスの本格的創作であるか否かは問わず、ヤドーを主題ないしモチーフにとりあげた三篇、百十一番「ヤドー、壮大な荘園」、百十三番「荘園《マナー》の庭」百十八番「私秘の園」を選び、プラスの創作プロセスを調べてみたいと思う。[16]
これら三篇に共通するのは、ヤドーの風物、そして秋から冬の始めの季節感を漂わせた景観である。しかし、詩人の視点と態度はそれぞれに異なる。「ヤドー、壮大な荘園」では、外界（騒音）、敷地内（森での焚火、果樹園、畑、池、仕事部屋）屋敷内（マントルピース、ティファニーの装飾、二台のそり、ストーヴ）、私室の客、というように、ひとりのヤドーの客を中心に据えた四重の同心円構造のなかに、このコロニーの全景がきれいに収められている。

百十一番　「ヤドー、壮大な荘園」

森の煙り、そして、遠くのスピーカーが
この透きとおった空気のなかに
篩《ふるい》入れられ、混ぜこまれる。

赤いトマト、緑の豆のみのり、
コックは重たげに南瓜を
蔓《つる》からもぎとり

パイをつくる。樅の木は椋鳥で黒い。
黄金の鯉の影が泉水の底に沈んでゆく。
蜂が一匹

風で落ちた林檎の上で汁を吸っている。
招待客はめいめい仕事部屋《ステューディオ》で
もの思いに沈み、創作する。

室内では、ティファニーの不死鳥が
暖炉の上空で甦る、
飾り彫りのある橇が二台

螺旋階段の柱脇の橙黄色ビロードのクッションの上に安らっている。
薪ストーヴはトーストのように暖ったかく燃えている。
遅く着いた客が、

朝ごとに、目覚めて面するのは、コバルト色の空、
菱型ガラスの窓、
亜鉛華色の雪。

透明な秋空の下の芸術家の園、外界を閉め出した人工楽園、「閉ざされた園」（hortus clausus）の主調モチーフが、前述したように、外―屋外―屋内―詩人から成る四重円のなかに、透視画風に、描き出される。ニューイングランドに特有の毛糸刺繍の童画風壁掛けでもみているかのような明快な、色彩豊かな画面がつくられている。外界から園の内へと向かう視線の設定は、自ずから、この「閉ざされた園」での「静けさと豊かさ」の讃歌を誘い出すように仕組まれている。即ち、森は外界の騒音の篩として機能し、静的空間をまもるもの、畠と果樹園は、自然の豊かな稔りによってこの園の自給自足を約束し、各室は修院の庵室にも似た沈黙で詩人たちの創作を保証し、集会室は、創作の結果、人工の稔りであり、美と静と不死の結晶である芸術

作品の世界を展開する。ここへ、ひとり遅れて到着した詩人は、この静けさと豊かさの空気に何かを察知し、雪さえも保護的な亜鉛華軟骨の白色をしていることに気づく。

この詩は徹底的に三人称の世界、事物のイメージだけで構成された世界であり、ニューイングランドの芸術家コロニーが一つの楽園の童画風な透視図法の画面に構成されている。ただ、作者プラスの視点はひとりの「遅れてきた客」の視線と重ね合わせられ、この客の朝ごとの眺め、秋空―ガラス窓―白い雪という一連の心象に、この園の保護と好意の空気にとり巻かれながら、その「透明」――二度繰り返されている――に過ぎる無菌状態に、かえって創作の不毛の予感を感じとっている気配もある。つまり、あの本当の、自己の根底からの経験を遮断する「小さな衛生的な透明な蓋」である存在に、自分がなってしまうという恐怖感、創作へと招かれつつ、かえってそこから疎外されているという孤立した自我感覚の脅えの影が、かすかに、しかし確実に、読む者に伝わってくるように思われる。

百十三番　「荘園《マナー》の庭」

泉水は枯れて薔薇の花は散った。
死の香煙。おまえの日が近づく。

梨の実は小さな仏陀たちのように肥える。
青い霧が湖の底をかきさぐる。

おまえが通過するのは魚たちの世紀、
居心地よい子豚の数世紀——
頭部、足指、そして手指が
影のなかから現われる。歴史は

ここの縦溝とアカントスの葉冠で
飾られた壊れた列柱を養い育てる。
そしてあの鴉が羽のマントをひろげる。
おまえに遺贈されるのは白いヘザー、蜂の羽、

二つの自殺、家神の狼たち、そして
空白の時間。硬い星がいくつか
すでに天を黄に染めている。

蜘蛛は自らの糸に乗って
湖を渡り、虫たちは
いつもの棲家をあとに立ち去る。
小鳥たちは、困難な誕生を目がけて
賜物をたずさえて、その一点に、収斂する。

ここでは、ヤドーの庭は、芸術至上の聖域としてではなく、生と死の交錯する歴史の場として描かれている。詩人のペルソナは、前の詩と同様に、三人称の事物の世界のうちに隠されているが、むしろ、「おまえ」と語りかける主体であることによって、一人称性を帯びていることにも注目されねばならない。この詩はもともと「ニックへ」と題され、半年後に出産予定の子供ニコラスのために献げられた詩である。[17] プラスは、最初の子供は男児と思い込んでいたのであろうか。それとも、男児であって欲しいという願望の表出であったのか。いずれにせよ、ここに登場する受胎した女というペルソナは、生まれ出る子に「おまえ」と語りかけるが、そこに展開されるのは、マルチン・ブーバーのいわゆる「我と汝」のパーソナルな関係世界ではない。ペルソナは子供である「汝」とだけ親密に結ばれた「母」であるよりも、もっと虚無的な空漠とした世界内の一事件をただ見守る巫女のようでもある。

枯葉を焼く焚火の煙と霧にかすむヤドーの夕暮の庭、くずれかけたコリント式列柱の建物、黒い羽を拡げる鴉、こういう生命の枯渇と衰亡を告げる風景は、しかし、自然の絶えざる生成と消滅の繰り返しのなかの一局面に過ぎない。死の風景はまた新たな生の風景の始まりとも読まれねばならない。この死と生の交代、可視と不可視の事物の交替というパタンは、とくに、第一連の第二行、および第四連の第二行にみられる行間休止によって強められる——「死の香煙。おまえの日が近づく」および「空白の時間。硬い星がいくつか」——。「死」と「おまえの日」の並置は、その日が死の日であるかの如き暗示を与えるが、次行の梨の実=仏陀（複数）のメタファによって、新たな意味の世界、インド的な輪廻転生の場、がひらけてくる。「空白の時間」は、たんにタブラ・ラサの可能性に充ちた空白ではなく、必然性によって〈黄に染められて〉いる天に支配されてもいる。

わが子の誕生に死滅と生成、必然と自由の同時存在を観てしまうこのペルソナは、またそこに、系統発生と個体発生の重ね合わせをも看取する。「魚類」、「子豚」の時期を経過する系統発生を追うペルソナの眼は、古びた館のコリント式柱の縦溝飾りや柱頭花冠飾りにも、すでに月満ちて生まれるばかりの嬰児の姿形を連想する。個体発生の際の遺伝形質の継承については、紋章学的なイメージが用いられる。「白いへザー」は西ヨークシャー出身のテッド、つまり子供の父の血統、「蜂の羽」は、マルハナ蜂の生態研究の本で有名になったプラスの父オットー、つまりその祖父の象徴である。蜜蜂はまたナポレオンの紋章でもあって、オットーの強固な英雄的野心と意志を表わしているかもしれない。[18]「自殺」はプラス自身の事件を指すが、なぜ二つなのであろうか。一つは二十歳の夏のニューヨーク経験の直後の自殺未遂事件であろうが、他の一つは特定できない。しかし、三年後の「ラザロ夫人」での扱いに徴して八歳の秋に父と死別した事件と解しておこう。「家神の狼たち」は、ローマ帝国建国の祖ロムルス兄弟を養った雌狼の故事の連想から、神聖ローマ帝国の首都ウィーン生まれのプラスの祖母や、同じウィーンの古風な女性文化を継承したプラスの母の血統に言及しているとみてよいであろう。「空白の時間」については前述したように「タブラ・ラサ」この嬰児自身の心、これから満たすべき意識、と解される。

子供が継承する血統が紋章学的に表わされていると説明したが、ギリシャ風列柱と柱頭の鴉の組み合わせ、その後に続く動植物の配列を再度眺め直すと、その図像の配列は、紋章学的であるよりはなおいっそう古い時代のトーテム・ポールに近いとも見られてくるようでもある。最終連の「蜘蛛」、「虫」「小鳥」の意味ありげなふるまいは、祝福にせよ呪詛にせよ、誕生に関連している。神の子の降誕をめぐる神話では、馬や牛や羊飼いたちが姿を見せている。プラス自身による、前・神話的、呪術的、つまりトーテムの部族礼拝的なカルトのなかで、神ならぬわが子の誕生は、神聖ならざる、しかし神秘な、一つの降誕図を形成する。秋の夕暮の黄昏のヤドーの庭は、全自然を挙げての秘法の行じられる万物照応の場と化す。

百十八番　「私秘の園」

初霜、ゆえに私は薔薇の実のなかを歩く、
ギリシャの美女たちの大理石の爪先は、
欧州の遺物の堆積から購入されて
あなたのニューヨークの森の項《うなじ》を甘美にした。
程なくこの白い貴女たちは寒気の襲来に備えて
板囲いをされてしまうのである。

午前中、白い息を吐く、庭男たちが
金魚の池の浚渫をしていた。
池は肺のように壊疽《えそ》をおこし、逃れた水は
一筋ひと筋、糸のように、純粋なプラトンの板、

その棲家に還帰する。鯉の稚魚は泥上に
オレンジビールのように散乱する。

十一週間、それで私はあなたの屋敷を知り……
ほとんどまったく外出の必要もない。
高速道路がわたしをこのなかに封印する。
有毒物を交換しつつ、北へ南へ向かう車たちは
寝呆けた蛇たちをリボンのように轢きのばす。この園内で、芝草は
私の靴の上にかれらの嘆きの重荷をおろす。

森は軋み、呻く、そして一日はその一日を忘れる。
この排水された池に私が身をかがめると、小魚たちは
泥土の凍結につれて収縮する。
眼のようにきらきら光るそれらを私は余さず拾い集める。
古い丸太や古い物影《イメージ》たちの死体置場、湖は
口を開きまた閉じて、水影たちのなかにそれらを迎え入れる。

ヤドーをテーマにする三篇のうち、この「私秘の園」がもっとも濃厚に季節感を漂わせている。ある晴れて急に冷えこんだ晩秋の一日、その朝から夕方までの庭園の表情が一人称のペルソナによってこまやかに写されている。時ならぬ初霜の到来に驚いた「わたし」は、庭に出て、その芸術至上の園が、大自然の暴力に荒らされ痛めつけられている様子を目撃する。

冒頭の 'First frost, and I walk ……' の統辞構造は、第三連第一行の 'Eleven weeks, and I know ……' にも繰り返されて、複雑な秋思の詩情のこめられた内容に対して、簡潔、明瞭な形式を与えるのに成功している。「(副詞的) 名詞句+等位接続詞+単文」における等位接続詞 'and' の意味、およびそれに続く単文「一人称代名詞+動詞」における動詞ないし行為のもつ意味の重層性は、この簡潔な構文のためにかえって強められている。

詩人とは、風の音にも心を騒がす種族である。「秋来ぬと目にはさやかに見えねども風の音にぞ驚かれぬる」と詠嘆した古人の心と、「初霜、ゆえに私は薔薇の実のなかを歩く」の「ゆえに」にこめられた初霜に寄せるプラスの驚きの心とに違いはない。また、この〈そして、私は……歩く〉にみられる詩人の行為には、「降り立ちて今朝の寒さに驚きぬ露しとしとと柿の落葉ふかく」の歌人の行為と認識に通底するものが認められる。しかしこの短歌の後半にみられる、季節の推移の観察より、もっと積極的にその詩情を肯定的にたのしむ態度は、プラスに

ない。彼女がヤドーの庭の冬支度——寒気によるひび割れを防ぐための彫像の板囲いや人工池の排水の作業——に、忍びよる死の気配を感じ、その影に圧倒されつつ目を凝らすさまは、パリの町角に薪炭を降ろす作業のなかに自らの死刑宣告をききとるあのボードレールの感受性を連想させられる。[19]

明解な形式といえば、「わたしは歩く」の他、「わたしは知る」、「わたしはかがむ」、「わたしは集める」のように各連ごとにペルソナの動作動詞がみられる。第二連のみ動作動詞を欠くが、この行はそっくり、表出されてはいないが「わたしは観察する」というような知覚動詞の目的節とみなすことができる。つまり、庭男の現在進行形の作業はペルソナ「わたし」の視界内の出来事なのである。このようにみると、この詩全体の動詞は、'walk' 'bend'、'collect' の三つの人称動作動詞をのぞくと、他のすべては知覚と認識の動詞、——表出されているのは 'know' だけ、他は第二連のように、表出はされていないが 'watch' の支配下にある——ということになる。

このように明確な人間の動作性があるにもかかわらず、全体として、この詩には不気味な謎めいた雰囲気が漂い、百十三番に劣らず、呪術的イコン的な世界を指示してもいるようである。表題の 'Private Ground' にはニューイングランドに特有の永代租借地の意味も含まれる。この詩はもともと〔ワークシート第二番〕、'In Frost Time' と題されていて、前述したように、まず季節感——季節の推移に触発された烈しい情動——がテーマであった。しかし、それのみでなく、冬ごもりの場、ひいては芸術家の避難所としてのヤドーの存在そのものへ寄せるのプラスの屈折した思念の開陳もまたいま一つのテーマであったことが草稿段階で明らかにされている。表題が「霜のとき」から「永代租借地」ないし「個人の屋敷」を意味する多義的な 'Private Ground' へと変えられたことは、この詩のテーマの重層性をわれわれに察知させる。

このように多義的な性格をもった詩が、完成までにかなりの時日を要して、なかなかの難産であったことは、現存する八種類の草稿が告げてくれる。[20] このワークシート第一番のタイプ原稿の日付けは、一九六一年九月二十三日で、じつにヤドー滞在時から二年も経過している。この原稿は、英国の「クリティカル・クォータリー」第三号（六一年夏）に発表されたものと同じである。[21] では、この形に決定されるまで、プラスの創作過程は、いったいどのようであったか、それを知るために、筆者はワークシート第二番から第八番までを順に調べてみた。その概要は以下の通りである、

第二番　一九五九年九月末。二十の次の数字が不明。七連構成（手書き）

第三番　日付なし。"In Frost Time" と題されている。七連構成、第三連は第二ワークシー

トと大幅に異なる。（手書き）

第四〜第八番　日付はすべて一九六一年二月二十五日。第七番ワークシートまでは七連構成、ただし、第三第四および第六第七の各連は、シートによって大きな揺れがある。第八番ワークシートにいたって、第三第四連は削除、第六連の二行目から第七連の一行目まで削除され、四連構成となる。

第一番　一九六一年九月二十三日、四連構成の定稿（タイプ）

このように概観すると、七連構成のときから第一連と第二連、および第五連は些少の字句の訂正以外はほとんど動いていないことが分かる。また削除された部分は、ヤドーの時と所に関する描写、および、それをめぐる詩人の気分や感想を述べる言葉、さらに種々なレベルでの対照を暗示させる過度のジャクスタポジションの技巧ということができる。

ヤドーのスケッチに関しては、もと第二番から第七番ワークシートまででは、「精神病棟のようなわたしの色彩のない部屋」（第三連）、「窓外の黒い樅の木」「ガーゴイル（怪奇な動物模様の樋の口）」「ワグナーの亡霊のひそむバイロイトのビール杯」（以上第四連）、「フューゼリの妖婆の画」（第六連）、「夏の灰は処刑された死体にまぶす生石灰」（第七連）のようなゴシックな連想を伴う句が多かった。

また同じ草稿からの削除で目立つ語は'you'である。この二人称の指示対象はワークシート第一番によると、庭園を飾る女神像を「ヨーロッパから持ち帰った」人物、しかもそれらで「その首〔庭園〕を美しくする」女性である。この女性の存在は、決定稿では、第三連以降は姿を消している。しかしワークシート第七番までの第四連および第六連には、この女性と「わたし」との関係が前述したヤドーのゴシックな事物と共に語られている。第四連では「あなたの黒い樅の木がわたしの光を収奪する」、「ガーゴイルがあなたの戸棚をねじ曲げる」など、二人称所有格で表われて、第一連の「あなたのニューヨークの森の首」と同じく、この女性が、ヤドーの広大な領地の所有者であることを示唆する。第六連では、この女性は「フューゼリの妖婆の画」と同定される。[22]

あなたはわたしにあの女を思い出せる
フューゼリの画にうずくまる山羊の耳をした妖婆
（ワークシート第二番）

あなたはあの女の鏡像となる
フューゼリの画にうずくまる山羊の角をした妖婆の
（ワークシート第三番〜第七番）

この各二行の他、「おぼろな古ぼけた胸、髪、二つの腕が（一語不明）のなかの几帳のように裾をひく」そして「馬の頭からその泡立つ白い眼球が吊りさがる」などの語句の存在は、このドイツに生まれ後に英国に帰化した怪奇な幻想画家フューゼリの「夢魔」の絵を指示する。したがってこの連の女性が、「わたし」の悪夢と同根の存在であることが知らされる。続いてワークシート第二番の第七連は、この富の所有者、ヨーロッパの華美と悪夢の与え主である女性の死が語られる、

今日、森は軋り呻く、樹液は枯渇して
梢の先端から冬枯れの根へひき退く
枯葉はごみといっしょのわたしの足を包み、夏の
燃え殻の灰の落ち着くさきをわたしは感じる。
あなたが死んだら、あなたの病に蝕まれた体は、
囚人のように生石灰をまぶされて横たえられるだろう
そしてあの妖婆、夢みる女と姉妹になるだろう。
(ワークシート第二番)

ここに表出された二人称の女性像は、本論の二で言及した「不安な詩神たち」、また、「すべての愛しき死者たち」などの作品で一九五八年の春頃からあきらかな姿をとり始めた母―女教

師―詩女神から合成された女性像と同じ、愛憎両存性を帯びていることが注目される。しかし、ヤドーの大地母神的なこのように両義的な女性像は、決定稿ではまったく抹梢されている。

この時期、プラスの対抗的自我同一性の対象は、父母であり、「巨像」がこのような心理的加圧下の父性像の表現であり得たように、この「私秘の園」は、同様な母性像の表現となる可能性を孕んでいた。しかし、この「閉ざされた庭」のモチーフのうちに、季節の推移に寄せる感懐と、詩人の前個人的、深層的な心理的経験を描き入れることはきわめて難しく、結局、約六ヶ月後、数度の推敲ののち、後の可能性をすべて捨てている。プラスのもつ母性像への対抗的自我同一性は、自ら母となるという身体的必然性のために、娘時代よりいっそう激烈なアンビバレントな感情をひきおこしていたことは、日誌にみる数々の悪夢の記録からみて首肯できる。妖怪的な母性像をゴシック的背景のまえに浮かび上がらせる企てはついに実現しなかった。

では、この詩は、全体としてみて失敗作であろうか。わたしは失敗作ではなく、むしろ、ヤドーを主題化した詩としては、この時期の作品群、とくにこの3において検討している三篇のなかでは、もっともすぐれていると思う。何故かというと、この詩のペルソナの一日の行為と認識が、すべて明確な挙止動作として、即ち、人称動詞によるふるまいとして表出されることによって、あるパントマイム風の効果を出しているからである。すでに述べたように、この詩の統辞構造の特徴は、時をあらわす副詞として機能する名詞句につづく、「一人称代名詞＋動詞」の繰り返しである。しかも、その動詞は「歩く」、「かがむ」、「集める」と、「観る」に限られている。「わたし」は、ヤドーの庭を「歩き」、園丁たちの作業を「観る」、池に身を「かがめ」て、排水後の泥土上に散乱する金魚の死骸を拾い「集め」て、それらを沼に投じ入れる。「わたし」の挙止動作は以上のように明確である。そうであるのに、この詩にはすでに見たようにある不気味な謎めいた雰囲気が漂い、芸術的なイコン的な世界が開示されているようである。それはどこから由来するのであろうか。

その由来は、「わたし」の巫女性であり、ヤドーの神域性にあるとわたしはみる。神域としてヤドーには神々が充ちている。百十一番の詩では、ヤドーの水平的な四重の同心円構造が透視されたが、この百十八番においては、ヤドーの神々の垂直的な構造化が透視される。ただし、その段階構造は、価値の上下関係ではなく、力の階層性であり、一種の「たけくらべ」、身長の順位として、表現されている。この閉域において、もっとも背が高いのは、森（その女神、その所有者）、以下神話の女神の彫像群（森の首のあたりにしか達しない）、「わたし」（詩人の小さなペルソナ、女神像の爪先にしか達しない）、草たち（「私」の爪先にしか達しない）、沼の神（大地に口を開いて、犠牲を呑み込み、底に沈める）の順序がみとめられる。「わたし」は巨大な神と深い淵の神の中間にあって、「わたし」より小さい弱いものたち（草たち、そして死んだ魚たち）のために犠牲を捧げる儀式をとり行なう巫女である。

決定稿の最終〔第四〕連には、ヤドーの不気味な変貌が集約される。草稿段階での「あなた」、即ちヤドーの最大の権力者、その「森」の項《うなじ》を飾るために、ギリシャの美神像を侍らせた巨大な存在は、今や、死苦に喘ぎ、ただ忘却の他に救いはない。排水されて死んだ魚たちは「眼球」のように輝くが、その死体の硬度、またそれが外光を反射する際の美への心は、百十二番の「蛇のメダル」、百十四番の「青もぐら」にも共通する。しかもその美への関心は、すでに百十二番の蛇の死体を落日の斜陽のなかで、「わたし」の両手に捧げもつ姿勢のうちに窺われるように、たんなる関心、たんなる感動ではなくて、ある積極的な関与、その死の記念の祭儀の執行へとたかめられていた。そして、この百十八番においても、「眼球のように光る」魚たちの死骸を一つも余さずていねいに拾い集める「わたし」の行為は、まさに死を弔う者の姿勢に他ならない。では、この死の犠牲の捧げられる神は、誰であろうか。「湖」である（「湖は開きまた閉じる」、それから〈犠牲〉を受け入れつつ……）。ここに擬人化された湖沼の神のイメージがある。しかし、それらの犠牲を「その水影たちのなかに」受納するという語句は、この湖をまた「古いロッグ（丸太そして日誌）や古いイメージの死体置場」と名づけていることから察せられるように、深層の意識、とくにユング的元型の世界を指示する。つまり、プラスのこの詩に表出された神話は、古典神話と日常の人事活動の世界を含みつつ、ユング的深層の絵図を形成する。この神話世界は、眼前触目の風景と人事から幾層かの変形を階層的に

――合理的意識、前合理的意識、神話、呪術、元型――へと向かう非日常的な深層心理の世界への下降によって現成される。

しかし、この深層の神話世界は、現実のニューヨーク州の高速道路によってとり囲まれている。自動車専用道路は車と同じスピードを所有しないのろまな存在（「わたし」、蛇たち、そして草たち）を、はじき出し、いや応なく、ヤドーの古い庭園内に閉じ込める。「わたし」も「蛇」も「草」も、この閉域内に封印されている（ワークシート第二～第七番の第五スタンザ、同第一番〔決定稿〕の第三スタンザ）。「わたし」は草たちの嘆きを共にし、死んだ魚を沼の神に捧げ、辛うじて「鏡の国」の巫女、想い出を葬うあのトロイヤの女たちの一人として生き延びる。

4 「誕生日のための詩」

十月二十七日はシルヴィア・プラスの誕生日であり、このヤドーに滞在中の一九五九年には、彼女は二十七歳の誕生日を迎えた。誕生日は、彼女にはつねに特別な日であった。小学校高学年の頃からの日記（リリー・ライブラリー蔵・未刊）を読んでみても、この日が特別な日として待ち迎えられ、祝われていたことが分かる。家族や友人たちからのプレゼントの品々が、幼い彼女の関心の的であるのはもっともであるが、またこの日は、新しい年の始めであるとの自覚が強められた日でもあったことが注目される。プレゼントの到来を待つ望みと新生への自覚は、幼児から終生一貫して変わることのないプラスの誕生日を迎える態度であった。のちにプラスの名を爆発的にたかめた詩集『エアリアル』のなかの「エアリアル」および「十月のひなげし」は、彼女の最後となった三十歳の誕生日の作品であり、前者「エアリアル」では赤々と燃えたぎる創造の大釜《コールドロン》のなかへの飛翔による新生の願望、後者「十月のひなげし」では、帰り咲きのひなげしの花に、思いもかけない愛のプレゼント、寒々と単調で息苦しい日常性を破る奇蹟の現前をみて言いしれない深い喜びを味わう感受性が、迸るように表出されている。

ところで、ヤドー滞在中にめぐってきた十月二十七日の誕生日については、前述の書簡、日誌、そして詩篇群のなかからどういう言及が見出されるであろうか。またそれらと、「誕生日のための詩」における〈ある誕生日〉とは、どのように関係づけられるであろうか。

十月二十八日の母宛ての便りは、その前後を欠く一部分しか公表されていない。この公表された部分は三つのパラグラフから成り、その二番目のパラグラフに本論1でも既述した通り「昨夜ポリー〔所長秘書〕が……」で始まり、「わたしの日のお祝いにディナー用にロゼワイン二本とろうそくをつけたバースデイケーキをもってきてくれて、それにたいへん感動しました」と結ばれる短い記述があるばかりで、その前後の段落はこの年の終わりまでにテッドとイングランドに住むことへのアポロギアに終始している。

ところでテッドと結婚した年、二十四歳のシルヴィアのための夫からのプレゼントは一組のタロットカードであった。それ以来、このカード占いや占星術に凝り、ひまがあり次第、ホロスコープの研究にも熱中していた。詩人W・B・イェイツとその妻のこの方面でのチーム活動は、二人の先達と感じられていた。

日誌によると、十月は三日、四日、六日、十日、十三日、十九日、二十二日、二十三日の八回分が公開されているが、九月の日誌に比べると、もうそれらのどこにもヤドーの日常的現実への言及はなく、ひたすら創作に関する事柄のみとなっている。しかし、プラス自身、「例の秋の病気」（the autumn disease）と呼んでいるように、気分は暗く沈みがちで、創作の筆は一向に進まず、また辛うじて得た作品もたちまち不満と幻滅の種になる（例えば「マミー」という短篇）という状態であった。[23] 日誌は、悪夢——二、三の例外をのぞき——の克明な記述に満ちている。それに反して、この間のプラスの行動の記述は少ない。ユングの症例研究を読んで自分の悪夢の説明を見出したこと（四日）、テッド流の「訓練」——深呼吸と意識の流れの対象に集中潜心すること——を試みていること（十九日）、温室に行って鉢植えの写生をしたり、ストーブの断面図を描いたりしたこと、またそれが自分でも驚くほどの心の安らぎをもたらしたこと（二十二日）、くらいの記述しか得られない。もっとも、彼女が忠実に諸方に送り続けた作品が返却され続けている状況は、ほとんど慢性化して、このことが、もっともプラスを傷つけ悩ましていたことは確かである。

しかし十月の後半から、こういう彼女の心身の病態にもかかわらず、本格的な詩の芽生えが育っていたことが日記から窺われる。

「いくつかの部分から成る一つの長詩、誕生日についての詩、その野心的な種子が…。精神病院つまり自然に依存して暮らす存在になること、道具たち、温室、花屋の店さき、地下のトンネルなどの意味、生きいきと、しかも断片的。一つの冒険。けっして終わりのない。つねに発達しつづける。再生。絶望。老いた女たち、怒り狂うこと。」この十月二十二日の日誌の一節は、まったく断片的、印象的なメモながら、ここに「〈彼女の〉誕生日についての詩」とはっきり主題が呈示された連作詩の構想がみられる。[24]

翌日、十月二十三日には「昨日、習作が始められた。不吉で狂暴だけれど、しだいに、素晴らしい、新しいものになってゆく。精神病院の詩のシリーズの第一番目。道具小屋のなかの十月。レトキの影響力、けれども私のもの。」という記述がある。これは、現行の詩集百十九番の第一部「誰」を指すとみてよいであろう。(この連作の草稿は、まだ筆者自身で検討する折を得ていない。)

日時の近接から、この「誕生日のための詩」には、プラス自身の二十七歳の誕生日を迎える心構えが含まれるのは当然と考えられる。さらに、ヤドーの敷地内の温室や道具小屋が、また十月という季節が、これらの詩の展開される舞台ないし背景の幕であることもうなずける。とくに、いま、日記でみたように、第一部「誰」ではヤドーの時と所と、詩との平行関係は明瞭である。例をみてみよう。

「十月は貯蔵の月です」ここに月（month）と口（mouth）の子韻合わせの遊びがまず目につくが、また「この花盛りの月は終わった。稔りのときだ」は、若者向けの雑誌の寄稿者としてもてはやされた過去から別れて、大人の成熟へ、自らの母となることも含めて、真剣に立ち向かう姿勢が感じられる。「ベビーと詩を衰亡と腐敗から切りはなせない。二つとも、つくられ、生きいきして、それ自身——のうち——で善であり、いつまでも保存できる」（十月十九日の日誌）で創作と出産の結果を同一視しつつ、「子供たちはわたしを人間らしくしてくれるかもしれないが、もしそうとしてもただで子供たちに頼るわけにはゆかない。子供が人間の存在の仕方や性格を変えるという寓話は、結婚がひとをそうするという話と同じくらいばかげている」という自戒と期待のいりまじったコメントを書きつけている。

しかし十月の小屋は'mummy'〔ミイラとママの両義〕の胃袋のように黴くさい」（第二連）、また「キャベツたち、虫くいの紫、白銀の釉《うわぐすり》、／らばの耳のギブス、虫だらけの生皮、でもハートは緑、その血管は豚脂《ヘット》のように白い」（第六連）、そして「おお有用性の美！／オレンジ色の南瓜には眼がない／ここの館の広間は自らを小鳥と思う女たちでいっぱい。／」と、3ですでにみた芸術至上のヤドーの園への批判と呪詛が表面ににじみ出ている。それに反し、温室のわきの物置き小屋のなかのものたち、「……如露《じょうろ》、ひさごやスクウォッシュや南瓜。生首のようにたる木に架けられたキャベツの頭、虫くいの紫色の外側の葉。熊手や鋤や箒やシャベルの道具たち」（十月二十二日の日誌）こそ「わたしのテーマの宝庫」であり、その理由はかれらが「すばらしい自己同一性、事物が自己自身であること」に由来するからとみて、事物がそれぞれ所を得て自得している状態をうらやんでいる。

ではプラスが自己自身であることは、ヤドーの本館でよりも、この小屋のうちでこそ、容易に見出されるのであろうか。「わたしはこの死んだ頭たちの間でくつろぐ」（第二連三行）、「朽ちていく頭たちがわたしを慰める、／昨日、たる木に釘づけにされた、／冬眠をしない収容者たち」（第五連）、そして第六連のファンタスティックなキャベツの写実と奇想の混交でクライマックスに達する。この枯死した植物に見出した自己同一性の感覚が、それを肯定する。「たしかに『わたし』は、根、石、ふくろうの餌珠、いかなる種類の夢もない」（第七連）。わたしは「他者の母」の口のなかの「舌」であればよい。そして「他者」性のなかに飲みこまれてしまうこと、自ら「道具」になり、不用になれば棄てられることを願いもする（第八連）。しかし、紫や赤の大輪の花の口、素晴らしく魅惑的な唇たち（第九連）への言及には、この小屋の単調な死を破る別種の自己同一性への傾斜が認められる。

この矛盾した願いは、エロス・タナトス願望の投影と解することができる。第二部「暗い家」は、第一部の断片的なヤドーの道具小屋風景のモンタージュに比べ、「わたし」のペルソナの世界が「かれ」の世界と対比して、対抗的な性をもって描かれる。「わたしはふくろうのように丸く／自らの光で見る。／いつの日でもわたしは小犬を生んだり、／馬を生むこともできる。わたしの腹は動く。」（第二連第三–六行）にはかつての冥界の女王ペルセポネの二人の対照的な姉妹のうちの下の妹の「陽《ひ》の刃に切り裂かれた花弁の血紅色のなめらかな襞の……ひなげしの床」、「その緑の祭壇で太陽の花嫁となり、……王を産む」「ペルセポネの二人の姉妹」（第五–六連）の誇らかな母性賛歌のエコーがきかれる。[25] ここでの母性的世界は、地下の「眼のない」、「手、口、鼻だけのひたすらな動物的存在――もぐらのような大きい掌で、わたしは食べながら世界をつくる――」反知性的、盲目的な生に忠実な国であって、「かれ」の住む「古井戸の石の穴」のような嫌らしい所とは対照的である。「間抜けで、鼻のような骨なし、あったかく寛大な、根のはらわたの内部、ここは抱擁する母のくにです」（第四連）において、あたたかく抱擁される対象はまだ胎児でもない「小さなつつましい愛たち」であって、この翌年の作「おまえは」（百二十二番）と同様なユーモアと機知のセンスで把えられた、プラスの新たな母性感覚があるといえるであろう。

けれども第三部「メナード」ではバッカス神の狂える巫女である「わたし」の不幸な身の上噺が語られる。王の娘として豆の木のそばに座し、「知恵の指」と「小鳥の乳」で養われた「わたしは、父王の死後、「口たちの母」に冷遇される。豆の木はもはや〈手のように唖となり〉ただ死の実だけが熟してゆく季節、「わたし」は死の果実を呑み下し、「血もくろずむ」ような月光の国を目ざすばかりである。「蓋がどうしても閉らない。時／は太陽の巨大な髀から巻き戻す／その終わることのないきらめきを」(第四連三―六行)には、あの「衛生的な透明なガラスの蓋」と意識されていた自己の殻からの脱出が遂行されたこと、しかし無意識な無自覚な力、暗黒な絶望、タナトス願望の輪にやはり捕えられてしまったことが語られる。第四部「野獣」では第二部にわずかに姿を見せた「かれ」への烈しい異和感が、「美女と野獣」あるいは「親指姫」の童話に譬えられて語られる。

この「かれ」に現実の指示対象を求めれば、ヤドーにいっしょに滞在していた夫テッド・ヒューズである。テッドとシルヴィアの関係は、ただ夫と妻という役割の生活者ないし演技者に尽きず――もちろんそれはそれで、きわめて重要な論点となるが――、詩人同士という微妙なライバル関係でもあった。この第四部「野獣」には、二人の三年間の共生における変化、とくにプラスにとってかれが重荷になり敵にもなっていた事情が伏在する。「はじめ、かれは闘牛師、食卓の王、わたしに幸運をもたらす動物だった」から「かれは〔わたしから〕離れようとしない、……」。そして「わたしはガラクタの戸棚と結婚し、魚の沼と同床する」には、ヤドーでの創作への専念を邪魔する存在になってしまったテッドの影が色濃く投影されている。「わたしは『時』のはらわたのなかで蟻たちやなめくじにまじって家政婦をする、虚無公爵夫人、毛むくじゃらの牙獣の花嫁」は、テッドの有能な妻、秘書という表面にかくれた裏の顔、つまりシルヴィア・プラスの二重身が、物語られる。[26]

第五部「葦の池からのフルートの調べ」は、一転して古典的神話に戻り、手馴れた抒情歌の旋律をひびかせる。テッド・ヒューズの「ある旧秩序を弔う悲歌、そして新秩序の約束」という説明を、一応、受け入れて先に進むことにする。

第六部「魔女の火刑」は、第一部以来で問われ、解体されたプラスの二重身的同一性が、ニューイングランドの燃えるような紅葉の秋〔ヤドーの森〕を背景に、魔女の火刑の光景として描かれる。この詩には再び一人称が登場する。「わたし」は自ら魔女であることを認め、火刑に処せられることを厭わない、「わたしは魔女たちのためのダーツの標的、／悪魔だけが悪魔を食いつくす」のであるから、「わたし」は魔女の分身を処罰しなければならない、従って「紅葉の月にわたしは火の寝床めざして登る」ことを余儀なくされるわけである。しかし最後の二行、「わたしの踵は燃え輝く。輝きはわたしの上腿部に登ってくる。／この一面のまばゆい光の聖衣に包まれて、わたしは我を忘れる。」には、古風なキリスト教の殉教者物語の定型である聖なる脱魂のエクスタシーに、ジョン・ダンなどのメタフィジカル・ポエッツの伝統である性的な忘我のエクスタシーが重層的に語られていることは明らかである。けれども、ダン流の機知に富む社交的な恋愛詩ではなく、それに先行する二行の存在によって、これまでの愛の清算と解体による、つまり死による、再生願望の方へ比重が傾いていることが知られる、「わたしは、一つの石の影の塵と結婚／した日々を解剖する用意ができている……」。「解剖する」と訳した'construe'は、曖昧である。テッドとの三年間の結婚を「分析する」、つまりプラスの両親を分析医の指導のもとに「憎悪する」ことを許されたように、テッドへのかくされた憎悪を意識し、彼への怒りをあらわにする、ことと解される。が同時に、従来の結婚生活を「解体する」ことまで含まれているのかもしれない。もちろん、どちらにせよ、あくまで、「詩」のなかでのことではあるが。

第七部「石」では、自己破壊的なエロス・タナトス願望が、以上で眺められたプラスの複雑な経験を、よりいっそう深化した元型的光景として、一連の劇画のように定着させている。テッド・ヒューズは、この創作の資料として、ポール・ラディンのアフリカの民話集のなかの一つの話を挙げている。[26] この輪郭のはっきりしたストーリーが、プラスの「自己自身の神話」の創出に刺激となったことはあきらかであるが、この話を物語る主人公、一人称のペルソナ「わたし」は、モダニストの両義的、愛憎両存的な心性にいぜん憑きまとわれている。「分析」

は一応完了してはいるが、その目標は完成してはいない。この詩的イメージの超現実性、堅固に、緻密に、しかも生きいきとした動きをもった画面は、前述のように、鬱状態に悩みながら、心身統一のための特殊な訓練――呼吸法と自動書記法――を毎日繰り返し行なっていたことの一つの効果と考えられる。「ヤドーの庭」をめぐる諸篇でみられた呪術性は、この最後の「十本の指が影たちのための盃を形成する」にも揺映するが、もはや影たちの衰亡と死を弔う女、供儀を捧げる巫女の役割は、ここにはない。もっと暴力的で始原的な「生と死」の戦いが、「石の都市」「彫刻家である医師」によって、無理に、その「石の生」へひき戻され、蘇生させられた「わたし」によって演じられる。(ここに、かすかな女性性は感じられるが、プラスの自伝的影をはなれて読むと、この「わたし」はとくに女性的であるとも読めない。)つまり、石の都市は「人間〔men〕たちが修理されるところ」であるが、「わたし」を看護する女性のナースも「愛」の制服を身にまとい、断片をあつめて元通りに見える「わたし」に薔薇の花をかざって、「花瓶」つまり「愛のすみか」としての社会的役割を負わせる。詩人プラスが、この「石」で確認したことは、愛でさえも制度化されてしまう巨大な機構としての人生であり、その石化へのプロテストとしての自殺ということになるであろう。

5 『巨像その他』とヤドー詩篇群

前述の「石」をクライマックスとする連作「誕生日のための詩」の完成のあと、日誌によると、なおもう二篇の詩百二十番「燃えつきた鉱泉」および百二十一番「マッシュルーム」が得られている。前者は、ヤドーの近くの鉱泉に散歩の折の収穫で、火事で焼け落ちた森の木々を、巨獣の死にたとえている。森の擬人化は、百十五番の「冥い森、冥い水」にも共通するが、いっそう進んだ技法と着想を示している。その「冥い森、冥い水」には、秋の霧に包まれた華麗な紅や黄の森が、湖にしずかにその姿をうつす様子を、「……そして大気の透明な計時器が、無数に舞う黄金の箔片を濾化するあいだに、輝かしい水明りは、樅の木の幾重もの輪のなかに、輪投げのようにすべり落とす」と装飾的にきらびやかに描かれていた。この「燃えつきた鉱泉」にも、同じ「森と水」、「地上と水面下」の対照がみとめられる。木々は倒れ死んでも、その喉から「透明な水が、いぜんとして」流れ出、小川に注ぎ入る。その小川のこれも壊れかけた橋の欄干にもたれて、「わたしは、一人の青い不可解な人物に出会う」。「蒲《がま》の穂の籠目《かごめ》模様の額縁に納められて」いる、この水中の人物は、女性で年老いていかめしい。この老女は「ひっそりした水の下に座している！　わたしではない。わたしではない」（第七連）という烈しい調子から分かるように、いつものプラスの悪夢の一つ、百十八番の「私秘の園」の草稿段階で抹消された「老醜の女性権力者」と等価の、プラス自身のダブルである。同じ水のニンフでありながら、ローレライ的な魔力とは全く異なる「母―祖母―そしてそれら生を産み出す根源としての不気味な不死性」、つまり「女性性」のシンボルが認められる。「わたし」ではないという、否定的自己同一性の対象でありながら、強烈な両義性を「私」のこころに宿す。「いかなる動物もあの女の緑の戸口をけがすことはない。／そしてわれわれはけっしてその内へは入れないであろう。／永続するものたちだけが、そこを家とすることができる。／われわれを沸き立たせる流れは／／養うことも癒すこともしない。」（最終連）には、不死の願望をかき乱す自殺念慮の波動がやはりかなり大きいようである。

百二十一番「マッシュルーム」は、その名の通り、「きのこ」のように、なにかが続々生まれ出てくるその何かの誕生の恐るべき盲目的な力をうたっている。日誌によると、これは文字通り、彼女のなかから生まれ出たのであって、プラスは、自分でもそれをどう評価してよいのか困惑している。この正体の知れない生命力のかたまりは、「身体性」そのもののヴィジョン、正真正銘の、超個人的意識のみが、時折、到達することのできる幻視であるかもしれない。そして、これは、プラスの苦闘、とくにヤドーの静かな聖域での集中的な思案と瞑想、また身心の操法の、ある必然の結果であったと言うこともできよう。

以上のような経過を経て、『巨像その他』詩集の約三分の一を占めるヤドー詩篇群は書かれた。したがって、このヤドー詩篇群のなかから取捨選択された諸篇が、詩集『巨像その他』のハイライトを構成するのは当然であった。それらは、この第一詩集の、文字通り、アルファでありオメガであって、「荘園の庭《マナー》」に始まり「石」で結ばれている。

『巨像その他』詩集の構成そのものについては、後日また稿を改めねばならない。じつは、この詩集は第一ではない。本来プラスが企図したケンブリッジ在学中およびスミスで教えた一年間の詩をまとめた詩集（題不明）は、このヤドー滞在中に、出版の望みを決定的に断念しなければならなくなった。ことが順調に運べば、ケンブリッジ－スミス時代の作品を第一詩集としてどこからか出版し、ヤドーでは、その長期の余暇を利用して、詩よりもストーリーや長篇小説の執筆に専念の予定であった。しかし、志が齟齬して、失意と強度の鬱状態〔プラス自ら（秋の病気）と名づけていた〕と、妊娠前期のつわり症状などに起因する窮状は、あらたな「詩」の結実をうながすことになったのである。したがって、現行の『巨像その他』には、流産した無名の第一詩集と、ヤドー詩篇群を中心とする、それに続く第二詩集となるはずの作品群との不本意な合成という面があることを看過することは許されないであろう。

若き詩人としての出発　「ケンブリッジ草稿」とその背景

1

『エアリアル』(一九六五)から『巨像その他』(一九六〇)まで、年代的に逆行してきた私のシルヴィア・プラス研究は、『巨像』前期を対象とすることになった。『巨像その他』以前には、詩集は小冊子一冊以外は公刊されていないが、[1] シルヴィア・プラスのケンブリッジ留学と、それをはさむ二つのスミス・カレッジ時代には数多くの作品が書かれ、雑誌に発表された詩もかなりの数になる。[2] 『シルヴィア・プラス全詩集』(一九八一)(以後CPと略す)によると、『巨像その他』出版契約の一九六〇年二月十一日以前から最初の一九五六年二月の作品までで百二十一篇、さらにその前の数年間（スミス・カレッジ在学中）の習作作品五十篇が算《かぞ》えられる。しかもこの『全詩集』CPの編者テッド・ヒューズの序文によると、実際に、習作は二百二十かそれ以上の数にもなるという。[3]「『巨像』以前」といっても、一九五六年を境に、それ以前と以後という二期に分けねばならないようにみえる。しかも、一九五六年の二月という時期は、本当に、プラスが習作期を脱して本格的な詩人の道を歩み始めた年とみてさしつかえないのであろうか。それとも、一九五六年がCPにおいて詩人の出発の時とされたのは、なにかプラスの生涯に起こった事件ないし出来事のためであって、とくに彼女の詩の内発的な発達段階のためではないかもしれない、と推測の余地もあるのではないか。

一九五六年はシルヴィア・プラスにとってどういう年であったのか。すぐ思い浮かぶのは、この年の二月、ケンブリッジで学んでいた彼女はテッド・ヒューズと出会い、六月に結婚、ハネムーンを兼ねたスペインでの夏休み、秋にはテッドの実家のある西ヨークシャー訪問、冬には規則のやかましい大学寮ホイットシェッドを出て、二人だけの生活を始めるなど、劇的な展開をみせた一年であったということである。CPの詩も、彼女のその動きを追うように、情熱的な恋（たとえば、「廃跡の中の会話」、「追跡」、「女王の嘆き」、「テッド頌歌」など）、結婚（「結婚の花環」、「鋳掛屋ジャックと締まりやの女房たち」、「大食漢」）、スペインの漁村やヨークシャーのスケッチ（「アリカンテの子守唄」、「祝祭のメロン」、「出立」、「十一月の墓地」、「曠野の雪だるま」など）という題材がとりあげられている。[4] しかしその一方では、女性であることと詩人であることへのつよい欲求と不安が底に渦巻いている詩も多い。ケンブリッジの女性教師や英国人の女子学生たちへの諷刺の矛先は、また必ず生の脅威や束縛そのものにも向かい、詩人であること即、傷口そのものであるかのような感受性に捕えられている姿もみられる。（「オールド・ミス」、「街の唄」、「エラ・メイソンと十一匹の猫」、「ミス・ドレイク夕食へお成り」など）。[5]

テッド・ヒューズという強烈な強暴な個性の持ち主との出会いと献身、はたしてこの事実だけで一九五六年のプラスの詩を読みとくことができるのであろうか。彼女の詩の背景的事実はテッドの存在で大きく占められているが、それだけではなかったのである。[6] またそもそも、プラスのケンブリッジ在学直後の関心事はどこにあったのであろうか。

2

「それでこのアメリカ娘はケンブリッジにきました、彼女自身をみつけるために。彼女自身になるために。彼女は一年間暮らし、冬にはひどい抑鬱状態になりました。自然と町の描写、魅力的な細部。ケンブリッジが顕《た》ちあらわれます。パリもローマも。すべては微妙な象徴。彼女はいく人かの男性に出会います——彼女なりに〈運命の女〉役。いくつかのタイプ、鈍感なイェール大学の批評家で頭の固いゲアリー・ハウプト、小柄で痩せて病弱でエキゾチックで裕福なリチャード、〈ゲアリとゴードン〉の結合、〈リチャードとヘイリー〉の結合。安全対非安全。そしてもちろん、あの巨大な爆発物のような恋。それから、「影《ダブル》」のテーマ、ナンシー・ハンター（スミスのルームメイト）とジェインの結合、自己同一性の大問題。周辺の男の子たち、座興のための登場人物……」

この奇妙な一節は、プラスの一九五七年二月二十五日の日誌からである。[7] しかし、ふつう日誌の主語である一人称単数代名詞でなく、三人称の「このアメリカ娘」が主語に用いられていることが読者の眼を惹く。「自然描写」、二都ならぬ三都の物語、「運命の女」と男たちとの出会い、灼熱の恋、「影」ないし二重身と自己同一性の危機……これらのトピックは、「このアメリカ娘」の「過去一年間」の経験のなかにある。そして、これらは、とくに「冬のひどい抑鬱状態」や列挙された地名、人名が実在のものであることを知る我々には、シルヴィア・プラス自身の体験と同定できると考えられる。ではなぜここでプラスは「わたし」の語り、「わたし」の回想としなかったのであろうか。

じつは、この頃、プラスは小説を書こうとしていたのである。プロットはまだ定まらないが、題材は決まっていた。かつての狭いアメリカの大学町での閉塞状態（マイ・ローカル・ステイシス）のなかであれほど渇望した旅と未知の人々との出会いが、ここで実現された以上、どうして書かずにいられようか。そして、疾風のように過ぎ去ったこの歳月を書くためには、ぜったい小説でなければ、と思い定めたのである。ケンブリッジの目まぐるしい多端紛雑のなかに巻きこまれて、

「わたしはどこにいるのだろう。小説。始めること。詩は瞬間の記念碑。いまわたしはわたしの華やかな三行詩《テルツァ・リーマ》のきつい縫い目をほどこうとしている。プロットが必要だ……」

とプラスは日誌の同じページで自分に言い聞かせている。そして、このあとに前述の一節が続く。つまり、前述の日誌からの一節は、彼女の書くべき小説の構想の粗描だったのである。そしてこのあと、この小説のために、毎日二～三ページ、回想の日誌を書き続けることを自らに命じている、「プロットのことは忘れていい。生きいきした回想の日誌にすること。短い章の積み重ね。帰国するまでに、こうやって三百ページ。夏に推敲する。そして、『ハーパーズ』か『アトランティック』のコンテストに応募」。帰国するまで、とはあと三ヶ月、しかも英文学コースの優等卒業試験、ザ・イングリッシュ・トライポスもその間に済ませねばならないが、

この日のプラスはそういう危惧をあまり意に介していない。小説を書くと考えるだけでも、大変な仕事という不安と緊張に押し潰されそうになるのがこれまでの常であったし、この冬も、ほとんど何も書けない日々が続いていたというのに、彼女は幸福ですらある。なぜだろうか。同日の日誌の後の方にはこう述べている、

「けれども、わたしは十分に知り、感じ、生きてきた。そして、そう、年齢の割にだが、知恵もある。慣習的なモラリティを吹きとばし、わたし自身のモラリティに辿りついた」。

この自負に充ちたプラス自らの道徳性は、彼女自らによってこう解説されている、

「体と心への関り合い、つまりよい生活をつくり出す信仰。神ではなく、とにもかくにも太陽。三つのB（ブックスとベビーとビーフシチュー）」。

彼女の生まれ育ったユニテリアン教会の理神論的な神の否認は、この熱心な教会員である彼女の母オーレリア・プラスへの反逆であり、すでに四年近い昔の自殺未遂事件以来、この反逆は陰に陽に始められていた。ここで、その神に代わる帰属対象として「太陽」が挙げられてい

る。D・H・ロレンスの影響が指摘されねばならないが、この文脈からはアメリカの市民的宗教への信服から、神話的あるいは呪術的と称されるような原初的な世界への回帰志向が示唆されているというにとどめたい。「三つのB」すなわち「本と赤ん坊と料理」は、ドイツの女性の三つの大切なK、「教会と子供と台所」（キルヒェ・キント・キュへ）のプラス流の翻訳で、テッドと築きあげつつある新家庭への意気込みが偲ばれる。またドイツの家庭的女性像へのこのような顧慮は、父母や祖父母たちから伝えられたドイツ・オーストリヤ文化の遺産のこころよい重さも感じさせる。

この日誌の書かれている二月二十五日は、「寒い晴天の日で散歩でもしたいところだが」と前置きをして、有能な主婦の役目をこなす姿が記録されてもいる。この箇所の人称はもちろん、三人称ではない。

「でもわたしは自転車で町に買物にいった。銀行。郵便局では、テッドの詩、タイプしたての二束の原稿を『土曜文学評論』に送った。黒のエナメルのバッグいっぱいの買物。シェリー、クリーム・シェリー（おばあさんのアプリコット・タルト用）、タイム、バジル、ベイリーフなどの香草（ウェンディのエキゾチックなシチュー用、その複製がいまストーヴの上で煮えている）、黄金色のウェファス（リッツ・クラッカーに代わるなんとエレガントな名称）、林檎と緑色の洋梨」

モラル・フィロソフィーの課題読書の代わりにアップルパイをつくったり、料理の本に読みふけったりする自分に対して、「あまりに嬉々として実践的になっていることが心配になってきた」、あるいは「家庭の安逸に逃避し・クッキーづくりに転落して窒息して死んでしまうだろう」などと自らに警告もして、ヴァージニア・ウルフの日記のなかの主婦である小説家の姿に自らの鏡像を見出していることは示唆的である。[8]

3

以上でみたように、この奇妙な日誌には、小説の構想のなかでのプラスの過去の姿と、現在のテッドの妻としての生活の姿が並列されている。しかし、ここにはさらに第三の相が挿入されていることも看過できない。それは、まさに一年前のテッドとの出会い、および秘密の結婚式の回想である。「『聖ボトルフズ』の発刊記念パーティでの、わたしたちの最初の劇的な出会い」、「とつぜんの認識の抜けのシーン、信頼の一幕。そしてわたしは詩人と結婚した」と綴りつつ、プラスの記憶はいっきにクライマックスにかけ登る。

「わたしたちはいっしょにあの煙突掃除人たちの教会にはいった。愛と希望とわたしたち自身をのぞいては無一物だった。テッドは着古した黒いコーデュロイの上着、わたしは母のプレゼントのピンクのニット・ドレス。ピンクの薔薇の花とブラック・タイ（のどちらも不在だったが、わたしたちが、まさにそれだった）。がらんとした教会は、雨のロンドンのぼんやりした黄色と灰色の光に包まれていた。外には、日曜学校の遠足で動物園行きのバスを待っている、粗いウールの上着をきたむくんだ足の母親と顔色のわるい子供たちの一群がいた」[9]

この六月十六日「ブルームの日」（J．ジョイスの『ユリシーズ』の主人公の一昼夜）に結婚式の行なわれた教会は、聖ジョージ・オブ・ザ・マーターといって二百五十年の歴史をもつ古い建物で、式にはプラスの母だけが参列したという。しかしこの追想のなかでは、二人は、ウィリアム・ブレイクのロンドンにタイム・スリップしている。貧しい恋人たちは、まさにその貧しさと真実への愛によってブレイクのヴィジョンへの参入をゆるされた、とでもいうように。

プラスの構想した小説のなかに、しかし、このテッドとのシーンは含まれていない。「認識の抜《ひら》け」る以前、他の多くの男性たちとかかわって、「運命の女」役を演じていた頃のプラスが、結婚一周年の記念の当日の祝祭的な気分にもかかわらず生き続けている。というよりも、このような紛糾した過去を強いて意識に甦らせることで小説の創作は行なわれる必要があると考えられたために、生き続けさせられたのである。

一九五七年二月二十五日の日誌は、このように複雑な書き手の「わたし」の面を示している。「わたし」は、現在、過去、未来とそれぞれ異なる時間意識のペルソナの仮面をつけてあらわれる。現在の「わたし」はテッドという詩人の妻の役割という仮面をつけているが、過去の「わたし」はボーイフレンドたちをあやつる運命の女、悪女的なマスクであらわれる。未来の「わたし」は多産の母役のマスクをかぶっているが、この母の産む「子供」は、詩人の子供であって、作品でもあり赤ん坊でもある。ただ一日の記録を調べても、このようにいくつもの錯綜したペルソナにぶつかる。日誌は作品の背景に控えている、あるかたい現実の事実を教えてくれるはず、という常識はプラスの場合には通用しない。作家の日誌は、作家その人を無媒介に開いてみせてくれるという期待に、プラスの日誌がまったく応じないわけではない。しかし、そこに在る作家の像は、一個の社会人であるよりも、断片化した時間・空間の心像に解体したいくつものペルソナといわねばならない。

プラスの真実はいったいどこにあるのか。自己同一性の問題では、彼女はいったい何をめざしていたのか。自分自身になることと、書くこと、創作することとの関係はどうなっているのか。「シルヴィア・プラスとその日誌」と題する論文で、テッド・ヒューズはこの問題にふれて、プラスの特異性に注意を喚起している。[10]「たいていの詩人は詩の生まれてくる状況ないし環境をあきらかにしていないし、そういう力に命名することも容易ではない。どうしても詩の出自をあきらかにしたいという試みは、パステルナークあるいはワーズワース風な、おしゃべりな伝記になりやすい。このタイプは照らしてみせることはできても、レントゲンのように透視はできない」などと指摘してから、「シルヴィア・プラスの詩は、それだけで独自の種をつくっている植物のように、その発生と目的を啓示するということにおいてだけ存在する」とかれは断定する。「彼女の野心の全体はかなりのところ、正常な作家としての開花と結実ということに向けられていたけれども、彼女の作品はただ根だけだ」とまで言う。このような断定は、一面では、このかつての夫だった男性のプラスに対する理解不足や当惑感をさらけ出していると言わねばならない。しかしまた一面では、彼女の詩の放れ業に驚嘆しつつ、その不気味な謎になやまされる読者として、その「根であること」という指摘は賛成せざるを得ない点をついてもいる。では次に、「根であること」という洞察は、どういう事態を抜くのかをみてゆきたい。ヒューズは、これを自殺衝動と結びつけ、一九五三年プラスが二十歳の夏の事件を起点に、自我と死と再生の神話化過程とみなしている。しかし、わたくしは、プラスの詩を以前から、プラスの自我像の神話化とはみなすよりは、もっとより大きい存在への同一化過程と眺めたいと考えている。「根であること」は自我の呪術的、神話的段階への固着である（とプラス自身が考えていたことも事実あったが）のではなく、むしろ、宗教者のいう「古い自我を捨てて新しい我に生きる」道、浄化、照明、一致をめざす心霊の修行過程とパラレルであるとみなされるのではないかと論じたこともある。[11]

創作の根に心理的退行をみとめるか霊的前進をみとめるのか、この小論でどちらかに決着をつける必要は、もとよりない。ただ、プラスの纏ったいくつものペルソナが、そのまま詩作品にうつし出されているのではなく、それらを古い自我のように脱ぎ捨て脱ぎ棄て、より純粋な、明確な在りかたを求める方向にシルヴィア・プラスの創作力の営みがより強く働いていると言っておきたい。彼女のケンブリッジ時代は、海外留学、旅行、恋愛、結婚などによって外的世界は拡大し、華やかな変化をみせたが、その内面世界の圧倒的な力、純粋化志向のエネルギーは、いつでも、どこでも、それらの外界を空無に化そうとして、生身のプラスを絶望と至福直観のはげしい交替の淵に突き落としていた。

4

シルヴィア・プラスは一九五七年、ケンブリッジのニューナム・コレッジでの英文学課程を修了する際、優等卒業試験の第Ⅱ部として詩稿を提出した。この詩稿は、ケンブリッジ・マニュスクリプト（以後CMと略す）と称され公刊はされていないが、全部で四十三の詩からなり、「真実の海辺の二人の恋人と漂着物拾い」という題をもつ詩集である。この表題詩はプラスのケンブリッジ入学直前、一九五五年夏の『マドモアゼル』に発表された作品である。他にも、アメリカ時代に雑誌に掲載された詩が七篇も算《かぞ》えられ、そのうちの一つ「ドゥームズ・デイ」（最後の審判の日）は詩集の最後を飾る詩に選ばれている。CMの年代的構成は、一九五六年がもっとも多く二十五篇、ついで一九五七年六篇、一九五五年以前十二篇と推定される。[12] 現行のプラスの代表的全詩集とみられるCPは、一九五六年から集め始め、それ以前をジュベナリア五十篇で代表させていることはすでに述べた。このような編集方針は、「『巨像その他』以前」の、とくにスミスからケンブリッジへと接続する頃のプラスの全貌をいちじるしく見えにくくしてしまっている。これに対してCMは一冊の詩集に過ぎないが、すくなくとも、一九五七年までのプラスの詩作の全容を、スミス時代とケンブリッジ時代のバランスを失わないで示していることは年代的構成から明らかである。したがってCMを「『巨像その他』以前」の代表的一詩集とみなすことは、シルヴィア・プラスの研究上の便宜としてゆるされることと信じる。

CMの四十三篇の詩は、その大部分がなんらかの文芸誌に発表されている。CMとその三年後の『巨像その他』に共通に入れられた七篇（CP、Nos.13, 15, 17, 35, 44, 47, 55）は五十七年か五十八年の『ポエトリー』や『ロンドン・マガジン』に採用されている。No.55の「すべての死者たち」はケンブリッジとオックスフォード合同で一九五七年夏創刊されたばかりの『双生児』（*Gemini*）の第一号を飾っている。ということは彼女の詩は、五十年代の知的な抒情詩の伝統をたくみに消化していたことを証明する。「精巧な骨壷」のように入念な技巧、「悪の華」の倦怠と嘲笑、「プルーフロックの恋唄」のような生と性への不安と渇望と幻想など、当時のアカデミックなスタイルの多くが、ニューイングランドのエミリ・ディキンスン的な死の凝視の表面をきらびやかに飾っている。

タイトル・ポエム「真実の海辺の二人の恋人たちと漂着物拾い」によって、彼女の詩のスタイルを概観してみよう。

冷酷に決定的に、想像力は

おとぎ話の夏の家を閉め切った、
青い眺望は板でふさがれている、わたしたちの甘美なヴァカンスは
砂時計の中に滴り落ちてゆく。

冒頭の 'cold' と 'final' の二つの形容詞で目立つ 'l' 音が、二行目の形容詞 'fabled'、三行目の、'blue' を経て四行目の 'dwindles' と 'hour-glass' にまで支配力を及ぼしている。この流音の繰り返しは、この連のテーマ、時の推移を、音形式上シンボリックに示している。この連の三つの文の動詞は、他動詞、受動態、自動詞と変わるが、「閉めきる」→「塞がれる」→「縮小する」までに、なにかが、「冷酷に決定的」に段階的に作用することを示している。なにが閉じられ塞がれたのか。韻をふむ 'imagination' と 'vacation' の間に、「夏の家」の窓から楽しんだ「青い眺望」が板囲いされた状景の描写がはいり、夏休み中の海水浴や砂浜での遊びも、遠い一刻の思い出のなかに解消されてゆく様子が〈砂時計のガラスのなかで〉と表現される。

第二連は第一連と同じ、時の推移、夏休みのゆたかな想像力の縮小を、ただ一つの長い文でうたう。主文はS（thoughts）V（foldとdisappear）O（their wings）、主語の「思考」は「みどりの寄波のなかに人魚の髪の房がもつれているのを見た」という関係文が伴う。二つの動詞の一方は、「その思考の翼をこうもりのように畳み」、もう一方は「頭骨の屋根裏のなかへ消える」

とそれぞれ副詞修飾句を伴う。なお音形式では第一連にみた‘l’音は、ここでも‘tangling’、‘fall’、‘fold’、‘skull’と多用され、とくに‘fall’と‘skull’の押韻で強められているため、この二つの連の共通性を目立たせてもいる。

わたしたちはそうかも知れなかったものではない、わたしたちであるものは
凡ての推定を追放する
いまとここの中間のかなたへと、
白い鯨は白い海と共に行ってしまった。

いちじるしくウォーレス・スティーヴンズ的な構文、とくに形容詞の利かせ方、そしてT・S・エリオットの詩句からの引用をもった二つの連の後では、この第三連の観念語の続出も、そう奇異な感じではなく、夏休みが終わって勉強と思索に閉じ込められる宿命の学生の嘆息と受けとめることができる。「いま」と「ここ」は広大な可能性の海のなかの一中間点に過ぎない。いま在るところの「わたし」は、そういう中間点に過ぎない「いま」と「ここ」に限定され閉じ込められて、無限定の可能世界への探究から放逐されているのではないだろうかと疑う。〈白い大洋を泳ぎまわる白い鯨〉は、無限定の可能世界に生きる想像力のシンボルであろう。

ハーマン・メルヴィルの「白鯨」が当然予想されるが、ここには巨大さ、自由さは共通しても、メルヴィルの追求した悪の世界からは脱色されている。むしろ、プラスがまだ父と死別して間もない頃、母に読みきかせられて強い戦慄と共に詩へ開眼させられたというマシュー・アーノルドの「見捨てられた人魚」のなかの「眼を開けたまま世界中の海を泳ぎまわる鯨」が思い合わされる。[13]

夏の輝かしい海での恋も終わり、かもめの群の下の、波打ち際で浮浪者が打ちあげられた貝殻や陶器のかけらをあさっている姿を描いている第四連には、またエリオットの「ゲロンチョン」(小老人)の影が重なる、[14]

独りきりの貝拾いが万華鏡のような貝殻の
漂着物の間にうずくまっている
整然としたかもめのテントの下で
砕けたヴィーナスを棒でつつきながら。

この老人の棒は魔法の杖のようにヴィーナス像の残骸に触れられるが、奇蹟は起こらない。第五連では、真珠をつくりだす海もここでは美しく変容させる力を拒んでいる(「どんな海

〈──変容〉も引き波に白い歯をむき出すへこんだすねの骨を飾らない」)。真珠の玉でなく砂粒が、精神の苦闘によって得られるに過ぎない」そして砂粒のように味気ない寂漠とした真理が、最終の第六連で語られる。海洋も太陽も、厳然と法則によって動かされ、規則に従う月に侏儒《こびと》の妖精などは住んでいない。

どんな侏儒《こびと》も厳格な月には住まない　そしてそれはそれだ、それだ、それだ。

夏と秋、若者と老人、海辺と室内などの二項対立は最終的に、精神（推理）力と想像力の対立、前者による後者の制約を結果として生じ、「それはそれだ、それだ、それだ。」という同語反復におちいる。論理的な恒真式は、月から妖精をうばい、海の波から人魚の髪を消す。むかしアイザック・ニュートンは、科学者としての自分を「真理の大海に背をむけて砂浜に穴を掘って、そこに海から汲んできた水をそそぎ入れて遊ぶ子供」になぞらえ、その謙虚な人柄がたたえられたという。真実の海辺という題名には、このニュートンのエピソードへの皮肉な言及もこめられているはずで、全体の気分は、夏休みが終わり学窓に閉じこもる大学生の送らねばならない不毛な知的生活に対する不満と皮肉をこめた嘆きである。結びの「それはそれだ、それだ、それだ。」の同語反復は、冒頭の「冷酷に決定的に…」の格調高い修辞を、ずらして、しかし巧みに受けとめている、と言える。

5

表題詩は、しかし、本当は何が言いたいのだろうか。第三連の第一行「われわれはそうであるかもしれないところのものではない」を、前述の日誌中のプラスの複雑な複数の自画像と関連させて解を求めると、いま現在の「わたし」とは、わたしのかぶっているペルソナに過ぎない、ということになる。次の行の「いまとこことという中間」も同じ「わたし」のマスクであり、それを脱ぐときに、その中間点から踏み出して可能世界にはいることになる。「わたし」とは「わたしであること」を超えて「わたしでありうるもの」になってゆく存在ということである。

こういう「わたし」のゆくえはどこに向かうのか。CM、「唯我論者の独白」は四連ともすべて一行目は「わたし」(I)で始められる。[15]「わたし?／わたしは独り歩く…／わたしは家を縮小する／わたし…／草はその緑を与える」と孤独な散歩者の夢想はつづくが、最終連では二人称が登場する。しかし唯我論者にとって、そもそも「あなた」と呼びかけ得る世界はあるのだろうか。

わたしは
知っているあなたが
わたしの脇腹で活きいきみえると、
あなたがわたしの頭から跳出したのを否定し
あなたの愛が肉体は真実を証しするのに
十分なほど燃えていると主張する、
もっとも、すべてのあなたの美、あなたの知恵は
ねえ、わたしからのギフトだ
ということはまったく明白なのです。

この「あなた」はまずイヴ（「わたしの脇腹から活きいきとみえる」）であってアテナ女神（「わたしの頭から跳び出し」）ではなく、燃えるような愛欲の対象として現われる。イヴであれアテナであれ、どのような出現をするにせよ、「あなた」という他者の美も知恵も、「わたし」から恩恵として与えられる副次的な存在である。唯我論についての瞑想であるよりも、もしもこの「わたし」を'a man'と読み変えれば、男性のエゴイズムへの諷刺として通用する詩でもある。とくに上掲のイヴ的な男性の肉体の伴侶、性愛の対象としてのみの女性観への皮肉

は、CMの他の作品にも多い。

「鋳掛け屋ジャックと締まりやの女房たち」は、鋳掛け屋ジャックが道端で老若さまざまの女たちに呼びかける口上の体裁をとっている。[16]「さあ奥さん、みがきがとれて黒くなったお鍋を持っておいでよ」と黒こげになったり壊れたりした鍋を修理し磨き立て、「暖炉の銅のやかんを血のように輝かせる」とジャックは叫ぶ。「血のように」は銅の輝きの赤銅色を写すには違いないが、不気味さをかくしもつ。はたして、次の連ではジャックは、「赤くただれた眼から時の煤もこすりとれ」、「光沢から見放された顔」も小銭でなおし、「鬼婆から美女をつくり出す」と豪語する。「火傷の傷あと」ばかりでなく、「失恋の心に刻みこまれた古傷も修理してやる」は、魂の取引きをする悪魔の属性をちらと覗かせる。

「もしも若い妻でまだ快活でまだ美しく、その家事の苦役がまだきれいな肌をいぶして乾からびさせないでいるようなのがいるとしたら」は、結婚への揶揄で、「ジャック」ダンの「結婚した女性でまだ貞女がいたら…」の口吻を響かせる。[17] 時の暴逆と失恋の傷口と家事の重圧にいためつけられる女たちにとって、ジャックは救世主のようなことを言いながら、最期にはただ嘲笑をあびせて立ち去るだけの悪魔のような男性に描かれている。

この詩で鋳掛け屋ジャックのペルソナをかぶったプラスは、過去の自殺未遂による自分の顔面の傷あとへのこだわりと、結婚した女性が従わねばならない家事の重労働へのおそれを、その揶揄と嘲笑のうらにすべりこませていることに注意しなければならない。プラス自身の葛藤がジャックにひそかに投影されているために、この大道の職人は悪魔的な不気味な脅威の後光をともなっている。

このようにプラスの心の奥深くに根ざす不安と恐怖は、「蛤掘りたちとの夢」の場面では正面から対決されている。[18] これは夢の話で、「澄んだ天使の羽搏く空気のなかで」「あざやかな色の葉にぐるりと縁どられ蕾」のように生まれた、とまずことわりがある。主人公は女性、「彼女は退屈な巡礼のあと、傷つき汚れて」「幼時の海の町の家へ戻ってきている」。

裸足で、帰郷のショックで、女は立ち止まった。
隣人の家のガラスのように
燃えたつ羽目板のそばに、
あの暑い朝ブラインドは降ろされていた。

まるで芝居の書き割りのようなシーン。帰郷した巡礼が「裸足で」とはどうしてだろうか、旅は終っているのに。それともこの「海の町の家」こそがじつは最終の巡礼地点であることを示唆しているのだろうか。このヒロインが「烈しい感情を抱いて、立った」場所は「隣家」。

その外壁の白い羽目板はすでに「暑い朝」の陽を浴びて、「ガラスのように燃えた」っているが、ブラインドはおろされ、彼女はひとり。あたりは幼時の頃と変わっていない、「海まで下ってゆく庭のテラス」、「空たかく、声たてずに旋回するかもめたち」のいる風景、

「全状景は燃え上がってこの放浪娘を歓迎する」

「白い火」のような太陽に照りつけられて、この見慣れた風景は放浪から帰った娘に歓迎の手を振っているようにみえる。彼女のショックはしずまり、沖に目をやる。

「三人の子供たちが、泥に埋まったみどりの岩の上で、だまって、陽を浴びて輝いて、遊んでいた」。子供たちは「みどりの岩」を舟にみたてて貝殻で飾って遊んでいた。しかし永遠のようにみえた日にも終わりがくる。「潮がかれらの踵のまわりに泡立ち」やがて、舟の岩を沈め、子供たちは夕食に呼び戻される。

「そして美しい舟は沈んだ、乗組員たちは鐘の音で夕食に家に帰る」

そして

そんなに突然昔の無邪気さに引き戻され
女は、ぼろの旅行着のまま、熱心に
水に向かって歩き始めた、すると

海に入ろうとした彼女の行動はとつぜん阻止される。「貝拾いの男たちが、次々に、くろいどろどろの波打ち際から立ちあがった」のである。「彼女の違反行為を咎めて」。彼女はいったい何をしたのか。子供たちの「みどりの岩」でつくった「美しい舟」が上げ潮に沈むのをみかけて、そこに駆けつけようとしただけではなかったのか。〈あの遠い無染の時代にひき戻されて〉彼女が海に入ったのは、そのためではなかったのか。けれども、このように、とつぜんの幼時期への引き戻され方は、それが尋常ではない反社会的願望であることを教えるためではないだろうか。「みどりの岩」は無邪気な幼児を支える存在、「父性像」のシンボルと考えられるとすると、その岩の水没とは父性像の喪失である。亡くなった父親を慕って入水する娘のテーマの出現は唐突であるが、悪夢の恐怖を生なましく伝える。

この「蛤掘りとの夢」はいつ頃書かれたのか詳細は分からないが、一九五七年の一月『ポエトリ』に発表された六篇（すべてCMに収められている）の一つである。[19] この詩はまた同年五月の『グランタ』六十一号に「決意」、「真実の海辺の二人の恋人と漂着物拾い」と共に掲載されている。海のモチーフを扱っている点で、この「蛤掘りとの夢」を「真実の海辺の二人の恋人たちと漂着物拾い」とならべてみることはおもしろい。しかも一方は「真実／現実」が、他方は「夢」がテーマである。対照点は、「恋愛」に対して「思慕」、「若者と老人」に対し「娘と成人男性たち」、「皮肉と嘲笑」の優越する気分に対し「激情と恐怖」の情動など、いくつも見出される。しかしこのような対照的な相違の他に共通点も浮かんでくる。それは、「真実／現実」への幻滅と嫌悪と恐怖、およびそこからの逃避願望である。ペルソナの嫌悪とそこからの逃避の対象は、「現実」の法則に縛られた世界であるが、そこから逃げて飛び去ってゆく、自由な想像力の場である海も「真実」である。'real' という語のもつ曖昧性に依存した世界への二重拘束性が目立つ。あの第三連の「可能世界」への脱出の方向の定めがたさは、ペルソナのあこがれる「海」の曖昧性にも結びつく。「現在のわたしは、わたしの可能性を追放しているのかもしれない」は、可能世界、無限定の時・空への憧れの嘆息と解釈できる、と既に本稿の四で述べた。そして「白い鯨」と「白い大洋」はその無限定の時・空、可能世界のシンボルと解されると言った。

しかし『グランタ』の発表におけるように、この二編を並置してみると、可能世界は「わたし」という中間点の未来にではなく、過去におかれているとみなければならない。過去は、幼時の空想の時間であり、無邪気な遊びの時代、〈あの遠い無染の時期〉である。

巡礼から帰った「娘」にとっても、「わたし」の可能性は、未来でなく過去に、過去の安定に基礎づける他はないのである。「娘」の違反行為は、ただ過去の幼時をなつかしむのにとどまらず、そこに戻ろうと「海を目指して一心に歩き始める」、つまり狂気へ、自殺行為へと赴くことである、と解されるのではないだろうか。幼児の遊びと空想をささえた「みどりの岩」は、同じCM中の「嘆きのヴィラネル」と共に、やがて「巨像」や「蜂飼いの娘」や「黒衣の男」など、『巨像』期の父権的男性像の死のシンボルに発展するのである（CP、Nos19, 75, 87, 103, 104, 106）。では「蛤掘りとの夢」における〈蛤掘りの男たち〉は、この夢の詩の最終連のなかで、どのように現われ、どのような解釈にゆだねられるだろうか。

海の境でうずくまって過ごした歳月のために
もつれる海藻と波の怪物のように恐しく漂流の間で待っていて
この身勝手な娘をその最初の愛の動きにおいて捕え

今や小鉄床《かなとこ》や熊手をもってかれらは進み出る、殺意を火打ち石の眼にかたく留めて。

かれらとあの「漂着物拾い」の老人を結ぶのは「海の境にうずくまって過ごした歳月」の長

さであり、手にもつ道具——老人はただ「棒きれ」だけだったが、かれらは「小鉄床《かなとこ》や熊手」をもっている——である。しかし、かれらは、それらをまるで武器のようにふりかざして、「殺意を石の眼にかたく留めて」、「奇怪なガーゴイルのようなものすごい形相で」襲いかかってくる、「娘の最初の愛の動きにおいて捕える」。これはいったい何をさすのか。子供たちの飾った岩の舟が上げ潮に没するのを見かねて、海にとびこもうとした、「ぼろの旅行着のまま」という説明だけでは、その行為が、なぜ、蛤掘りに殺意を抱かせるほどの怒りを招いたのか、要領を得ない。

夢の話だから仕方がない、と言ってしまえばそれまでだが、ここでしばらく中断していた前述の仮定、「父を慕っての入水」という自殺衝動を読み込むならば、当然それはタブーであり反社会的行為として罰をうける。娘の罪障感が、〈蛤掘りの男たち〉という社会の守護者たちの敵意をさそい出す、と解される。この小論三で行なったシルヴィア・プラス像のディコンストラクション―複数の複雑に分裂したペルソナに関して考えれば、ここでその謎の根にはあきらかなX線照射はされていないものの、まぶしいほどの光に照りつけられて謎そのものがくっきりと姿を現わしているとは言える。幼時の追想がエレクトラ・コンプレックスに、自殺念慮に、と融合して、迫害妄想にまで発展する、と解説すれば、プラスの「根であること」へのある説明になるだろうか。むしろわたしにはこの作品が謎である、というのは、ここでは深層心理の渦巻く力に分析的な照明があてられるのではなく、その強大な力が、このような夢をプラスに見させ、その夢がこのように言語化されているという事態に他ならないと考えられるのである。つまり、夢を見させる力と、夢を言語化させる力とは別方向に働く力であると、わたしは言いたいのである。

テッド・ヒューズの語るようにプラスの詩が「根であること」以外ではないとしたら、彼女の場合、夢を見させる無意識の力の方が圧倒的に大きくて、夢を言語化させる努力や技術の練磨——これはプラスの場合、超人的な研鑽ぶりだった——をもってしても、その力を手なずけるのに困難だったことを考え合わせねばならない。とにかく、この詩は、「蕾」ながらその無意識の力を一連の劇画に仕立てることに成功しているとは言えよう。

6

CMのなかのいくつかの詩を通して、詩人のペルソナ=マスクの下にある不安と恐怖にみちた「わたし」意識をさぐってきた。「わたし」のゆくえの追及はまだ不十分ながら、ここで一応やめにして、この節では、シルヴィア・プラスの他者の問題に触れたいと思う。他者との関係は二通りに考えられる。「おまえ」と呼びかけまた呼びかけられる二人称の暖かい関係と、「それ」と指示し、指示されるだけの三人称の冷たい関係である。「真実の海辺の二人の恋人たちと漂着物拾い」のなかには、この二種の関係が描き分けられていた——恋人たちには夏の青い海が、孤独な老人には波打ち際の残骸が結びつけられ、老人の棒きれは、「それはそれだ、それだ、それだ」という冷たい断片化した三人称の世界をまさぐる——。

二人称の関係世界は、愛と名づけることができる。以下で、愛のテーマないし二人称を主語/目的語とする詩を拾い出して、自我と他者の関係を眺めることにしたい。

「狂える娘の恋唄」は、CMではもっとも早い時代一九五三年に属する。この一九五三年の夏はプラスにとって栄光と悲惨が背中合わせに訪れたが、この「狂える娘の恋唄」はその栄光のとき、『マドモアゼル』誌の大学特集号八月号を飾った作品だった。[20] ヴィラネルという、テルツァ・リーマを五回重ね、六連目は畳句二行を含む四行詩から成る複雑な技巧をこらした詩形を用いている。

わたしは眼を閉じる、と全世界は死に没落する、
わたしは目蓋を上げる、と全ては再び生まれる。
(わたしが思うに私はあなたを頭の中につくり上げた)

星たちは青や赤にワルツを踊りながら去る、
すると気まぐれな黒い馬がかけ込む、
わたしは眼を閉じる、と全世界は死に没落する。

わたしはあなたがわたしを魅惑してベッドに入れる夢を見た
そして月に打たれて歌ってくれ、狂乱したようにキスをした。
(わたしが思うにわたしはあなたを頭の中につくり上げた)

神は空から転落し、地獄の火は消えかけた、
熾天使もサタンの手下も退場せよ、
(わたしは眼を閉じる、と全世界は死に没落する)

わたしはあなたが自ら言う通りに戻ればと考えた、
しかしわたしは年をとり、あなたの名を忘れた。
(わたしが思うにわたしはあなたを頭の中につくり上げた)

代わりにわたしは雷鳥を愛すればよかった、
少なくとも春がくると再び大声で戻ってくる。
わたしは眼を閉じる、と全世界は死に没落する。
（わたしが思うにわたしはあなたを頭の中につくり上げた）

五でとりあげた「唯我論者の独白」の「わたし」と同じようにこの「わたし」は己れの眼を閉じ、また開くことで世界を消したり再生させたりする。狂女と呼ばれるゆえんである。「あなた」はこの世界、わたしの頭の中の一部、〈星がワルツをおどる空にとつぜん前触れもなく黒雲がひろがる〉ような不条理の場に属す。しかし、いったい「あなた」は「わたし」に何をしたのか。第三連の、あなたはわたしを「魅惑してベッドに入れ」、〈唄をうたって放心させ〉〈狂乱したようにキスをした〉は、ジョン・キーツの「情《つれ》なきたをやめ」の魔性の娘と騎士の関係を逆転して魔性の騎士「あなた」に愛され、やがて置き去りにされて狂った娘「わたし」という図式をみせる。[21] 騎士の「あなた」が去ると、「神は空から転落し」「地獄の火は消え」、「熾天使もサタンも退場」する。ということは、天国と地獄という正反対の異界が、「あなた」の愛とともに存在していたということをほのめかす。「わたし」は「あなた」の還りを待って、ペールギュントのように年老いてしまった。〈雷鳥ならば春の訪れとともにかえってくる〉が、「あなた」は自然の循環の法則の外、神か悪魔か、いずれにしても条理のかなたに棲むのだから待ちようがない。「わたし」は「あなた」に愛されて狂い、置き去りにされて怒り、そして狂う。‘mad’という語の曖昧性を利かしている知的な文学少女らしい作品である。そして、この報われない恋人の腹立ちまぎれの戯れと見せかけた唯我論者のマスクは、軽いふざけた、あるいは皮肉な調子をこめて、この時期のプラスにもっとも多く用いられる。「階段を降りてくるエバ」というヴィラネルも一九五三年の作である。[22]

どの時計も叫ぶ、静止は嘘だ、そうだね
車輪は回転し、宇宙は回り続ける。
（誇らかにきみは螺旋階段の中途で止まる。）

小惑星たちは裏切者を空中で振り回す、
そして惑星たちは昔ながらの楕円の巧知で計り事をする
どの時計も叫ぶ、静止は嘘だ、そうだね、

赤くきみの髪のほぐれていない薔薇は歌う

もしもハートが燃えていれば血は永遠に湧き出る。
（誇らかにきみは螺旋階段の中途で止まる。）

階段を下りてくるエバのモチーフは、この数年前の詩にも現われていた。「一族再会」（CP、300-301）では、親族の集まりに顔を出さねばならない「わたし」のためらいが、「高い帆柱の上でダイバーのように、階段の天辺に立ち」、「わたしは自分の同一性を脱ぎ棄て、致命的な飛び込みを行なう」と描かれる。[23] 階段の上は、自己同一性をまもる至聖所、俗世間の喧騒を離れて自我のやすむ場所である。「ソネット、エバに」（CP、304-305）では、エバは「天候、香水、政治、きまりきった理想についてのブリキの歯車」、「錆びた夢の切れ端」…から組み立てられている女性という、当時の（そしていまも？）ありふれたアメリカ女性の諷刺画になっている。けれども、このソネットは「時間」についての忘れがたいイメージで結ばれている、

白痴の鳥は跳び出し泥酔してもたれかかり
狂気の十三時に時を告げて鳴きたてる。

機械論的な時間はついに破壊され、終末の十三時がやってくる。（エミリ・ディキンスンの

「時の終末」を人形時計の停止によってイメージ化した影響もみることができるかもしれない)[24] しかし、「階段をおりるてくるエバ」の詩に戻ると、この畳句のなかの「時計は叫ぶ」の時計は、複数であって、機械仕掛けの「鳩時計」だけのイメージではなく、「叫ぶ」多数者、「静止は嘘」「宇宙は回り続ける」とお説教する俗流合理主義者、そして前述の「一族再会」のなかの「わたし」に同一性の衣を脱いで飛び込んでおいでと誘いを向ける仲間意識の渦巻き等の複合したイメージと考えられる。「かれら」はエバに「きみ」と呼びかけ、こうさとす。

「赤くきみの髪のほぐれていない薔薇は歌う／もしハートが燃えていれば血は永遠に湧き出る」、「かれら」に口を合わせて星も太陽もぐるぐる回り、「大声に不死のナイチンゲールたちも宣言」するのは「肉体が渇仰すれば愛は永久に燃えたつ」という思い込みである。科学者も文芸家も、家族も社会も、みな声を合わせてエバに階段を降りてくるようにすすめる。エバは「静止」の階上から、螺旋階段を降りかけ「誇らかに中途でたち止まる」。'proud' は、「かれら」の視点を示していて、至高の自己同一の世界から容易に「かれら」の時間のざわめきのなかに身を投じようとしないエバの高慢をなじっている。しかし彼女の赤い薔薇の花飾りがほぐれ、彼女が時間の濁流に吸収される運命は迫っている。この詩で、エバを説得し誘惑する蛇／悪魔は、さまざまな時計の顔をもつ「かれら」、時間の使者たち、相対性の世界に棲息するものたちと同定される。

7

絶対的な自己同一性の高みからの堕落、悪への誘い、「運命の女」の役割への強い傾斜は、一九五四年春から一九五六年春までに特に顕著である。プラスの日誌はこの期間が空白であるが、日誌の編者のコメント、家族への手紙、いくつかの伝記的研究などによってこういう姿が推測されている。[25] そして、プラスに悪女的なペルソナをとることをゆるした原因は、自殺未遂後の治療にあたった分析医の治療の過程の一段階と考えられるが、それと共にこの時期に彼女が交際したなかの男性の一人の影響とも考えられる。一九五四年四月十九日の母への手紙には、「リチャード・サスーンという、その父親はシーグフリード・サスーンのいとこにあたる、英国籍だが、パリ風の小柄で話の面白い人に会った」こと、またマクリーン病院でプラスの担当をしたボイシャー医師以外に「大学の精神科医に週一回面接を受け、基本的には、わたしはすごく幸福でよく適応している元気のよい人間…深淵から頂上へと飛び跳ねたりせず、つねに着実に幸福である、と思っている」こと、これら二つの原因の平行が認められる。続いて五月上旬には、このリチャード・サスーンの卒業パーティのためにイエール大学からさらにニューヨークまでドライヴしたことが報じられているが、これ以後彼の名は半年以上も見当たらない、ケンブリッジに行ってからの手紙に、パリにいるサスーンを恋い慕っているが、結婚相手としては考えられない等の文面がみられ、やがて一九五六年三月九日の長い手紙のなかに彼との恋の終わりが告げられている。[26] リチャード・サスーンが大きくたち顕《あら》われるのは、プラスの日誌においてである。JSPの第Ⅱ部ケンブリッジ時代一九五五―一九五七は、パリのサスーン宛ての手紙の抜萃で始められ、あの一九五六年二月二十五日の嵐のような一夜にリチャードの名はテッドの名と烈しくぶつかり合い、この交叉状態が二ヶ月ほど続いた後、四月十八日の(投函されなかった)別れの手紙を最期としてリチャード・サスーンの名は消える。

このケンブリッジ時代の日誌の始めとなるプラスの手紙は、一九五五年十一月二十二日付けのきわめて「情熱的でメタフィジカルなラブレター」である。この語句は、かつてプラスがサスーンからくる手紙について友人にもらしたコメントであるが、ここにはボードレールやランボーに傾倒したサスーンの悪魔主義的な文学至上主義が、E・E・カミングズ風の独特の表記法で、活写されている。ここでサスーンへの思慕がその名の賛美としてあらわれる箇所を引用して、そのスタイルをみてみよう、

サスーンという名は世界でもっとも美しいことが分かりますか　その名には多くのもつれ合った海草の海がありまたペルシャの月がひとり木管の調べのロココ調のラグーンに映り

そこを黒檀のようなモンスーンが通り過ぎます（文頭の頭文字、句読点一切なし）

サスーンはもっとも美しい響きの名前、なぜならその名の音から、大草原（seas of grass en masse）がひろがり、モンスーンの嵐のような木管の調べがとどろき、ロココの装飾模様のように入りくむラグーンの水面にペルシャの月がぽつんと影をおとしているからだという。たしかに、ここに展開されるのは、「色と音とは弾き遊ぶ」大自然の交感をうたったフランスのサンボリスムの世界である。しかし、サスーンは異国的な風土への憧憬の対象であるばかりでなく、次の箇所ではそれ以上の存在、創造主に擬されている。

始めに言葉があったそして言葉はサスーンだった。

このロゴス神の創造した「黄金のエデン」から追放されたエバは、「黄だんを病む」アダムの口から咲き出した「黄色いダリア」に涙をそそぐ。ここで「輝く」黄から「よごれた」土色の黄まで、幅ひろい色調の黄色が目立つ。エバが抱える花の色も黄金のロゴス神の堕落した似姿であるアダムの言葉であり、それへの愛を象徴する花の故に、「黄色」でなければならない。[27] この堕落した愛と言葉を守るエバのイメージに、シルヴィア・プラスは自らの姿を重ねる。

そこでシルヴィアは彼女の暗い太陽の祭壇の上の黄色いダリアを燃やすその時太陽はおとろえて無能となりまた世界は冬になってしまう

サスーンは「くろい太陽」、その太陽神をまつる祭壇でプラスは「黄色いダリア」を捧げる巫女に変身している。黄金と紺碧の失われた至高の世界と、黄色と黒暗の堕落した罪と悪の世界、この一方から他方へのエバの転落とそこでの再生が、プラスの「運命の女」のシーンの主題であるといえる。そして、プラスのこの面にとって、サスーンは、絶対的至高のロゴス神であることが望まれながらも、つねに「くろい」微力な太陽神に転落する脆弱さのなかにいる。現実のサスーンは、やがてテッド・ヒューズにとって代わられるが、プラスの心的危機の救世主となる男性を偶像化してやまない傾向は、変わることがなかったといえる。偶像化と偶像破壊衝動はおそらく深層の心理においては一つである。プラスの「運命の女」のペルソナがときに偶像崇拝の巫女であり、ときに街娼であり、誘惑し悪に誘う、男性の他者としての女性性一般であるようにみえるのは、彼女の書きものがすべて「根であること」の一つの証明といえるかもしれない。

対立分裂する像が一つに混在するような深層の心理をほぐすことは、もとよりこの小論の分析の及ぶところではない。以下では、CMのなかの詩で、リチャード・サスーンの像を、できるだけ、手紙や日誌の記述に近い形で析出してみたい。もちろん詩中の人物像のモデルを穿鑿《せんさく》するのが意図ではなく、プラスの創造した人物像の複合性、複数の実在モデルの合成と変形による造形、ということがいく分か納得のいくように示すことができればと願うゆえである。

「廃墟の中の会話」はCMには含まれないが、全詩集の巻頭詩であるため注目を惹く。[28] 古典的趣味でエレガントに飾られた〈わたし〉の家に乱暴に押し入り破壊する〈あなた〉には、野性的な力の権化、テッド・ヒューズが連想されて当然である。しかしくろい侵入者、サスーンの影も重なり合うのである。[29] 〈あなた〉は虚偽のくもの巣飾りを破り〈わたし〉を真実にめざめさせる役割を果たしたが、〈わたし〉はエレクトラのように〈あなた〉に執着し過ぎ、〈あなた〉の「嵐のような愛の眼」、「くろい視線」に捕えられて悲劇的な運命を待つばかり。〈わたし〉を悲劇のヒロインのように追いつめる暗い情熱的な愛と破滅のテーマは、サスーンとの愛の破局のミュトスとみられる。

「いかなる言葉の儀式がこの大混乱に綴ぎ当てすることができるか」

この、ソネット「廃墟の中の会話」の最終行は、プラスのサスーン宛ての告別の手紙(四月十八日、JSP一四三頁)のなかの一文に、ほとんど同じ形で見出される。

そしてわたしは今現在の地獄で生きているそしていかなる生命や愛の儀式がこのつくられた大混乱に当て布をして繕うことができるのか誰も知らない

生命と愛が言葉にという、プラス的な等価交換および大混乱に自然な生成消滅の結果でなく無理に強引に作為された結果を読み込むこと以外、この二つの文にはなんの相違もない。デ・キリコの「廃墟の会話」と題する絵をモチーフとする、というテッド・ヒューズの注釈のためか、この詩は、情熱的な恋の終焉のはなしと一般化されて解釈されていた。またテッドとの関連では、恋人同士の外の世界の終末をねがうほどの烈しい恋の讃歌のレトリックと読み流すことも可能であった。そのように読む可能性は、リチャードという人物像を重ね合わせても、いぜんとして可能である。つまり、ここではっきり浮かびあがる「くろい侵入者」は、この時期のシルヴィアのエレクトラ・コンプレックスに強く働きかけた、強力な父権的な男性像であって、しかもまた彼女の文学世界を逆構築できるだけの詩才をもった人物であれば、現実にはどのような名前の男性であってもよかったのである。テッドもリチャードも、現実の経緯の影をかなり色濃くひきずりながらも、ただシルヴィアのサイキに働きかける呪術師、現実原則を破り、夢の輝きと暗黒のなかに駆り立てる追跡者、という一つの影のなかに融けこんでいる。[30]

「くろい侵入者」「追跡者」としての愛というテーマは、「追跡」のなかにさらに生なましく語られている。[31] この詩は二月二十七日の午前中に書き上げられた。テッドとの劇的な邂逅からまる一日しか経っていないこの日の日誌には、ひどい疲労と抑鬱状態のなかで、「欲情の暗い諸力」についての詩ができたこと、これをテッドに献呈しようと思うこと、などが記されている。[32] また三月九日付けの母宛ての手紙には、最近の会心作と思うこと、その理由としてスタイルは従前の古い形ながら「大きくなった」こと、他の彼女の「メタフィジカル」な詩よりも強力で、ウィリアム・ブレイクの「虎よ、虎よ、燦然と夜の森に燃え輝く」の影響のあること、などを挙げている。しかし、リチャードの存在ないし不在が、この詩の〈わたし〉の心に占める重要性を知る読み手には、たとえば第三連の「くろい侵入者」や「黄色い凝視」という語句がテッド以前のいまひとりの追跡者リチャードへの恋をくらく照らしていることをも思い合わせざるを得ないのである。

さて山々は影を産卵し、脅威を孵化する、
深夜は蒸し暑い森をマントでくるむ、
くろい侵入者は、愛に引き寄せられて
滑らかに背をかがめて、私の速力についてくる。

私の眼のうなり声をあげる茂みの背後に
しなやかに潜む、夢の待伏せの中で
肉をひき裂くあの爪は輝き
そしてあの引き締まった腿は飢え、かつえている
彼の熱意が私を罠にかけ、木立を光らせる、
そして私は皮膚を燃え上がらせて逃走する、
どんな和らぎ、どんな涼しさが私を抱き上げてくれようか
あの黄色い凝視のたいまつが燃え上がるときに?

「くろい侵入者」と「黄色の凝視」は、先ほどの日誌からの引用のなかではすべてサスーンのエピセットして用いられていたのであるからサスーンの影を重ねることは許されるであろう。次には、プラスがこの先行作品として言及したブレイクの「虎」の詩とともに、シーグフリート・サスーンの高名な一行、「私の内に虎は薔薇の香を嗅ぐ」のひそかな影響力も指摘されねばならない。シーグフリート・サスーンはリチャード・サスーンとの交際の最初からプラスの意識にのぼっていた存在であった。さらに、このケンブリッジの最初の学期中、プラスが課題読書の一つとして読んだラシーヌの『フェードル』によって惹起された感動と思索が、この作

品を生む原因となったことは、この詩の始めのラシーヌからの引用句からも容易に知られる。

森の奥ふかく汝の映像が私を追い求める

「森の奥」、「あなたのイメージ」そして「追跡」という三つのモチーフが、プラスの詩には、十二行四連の、ときにアレクサンドラインを交えるうねるような五歩格のなかで、入念に執拗に克明に展開される。しかしラシーヌの『フェードル』、そして彼の劇の原形であるエウリピデスの『ヒッポリュトス——パイドラーの恋——』において息づまる展開をみせる、情欲の虜となった人間の心の悩みと恋慕の対象を手に入れるためのたくらみ、などはプラスの手に及ぶ世界となっていなかった。「追跡」は行動するヒロインの行為としてでなく、パンサー（ひょう）によって追跡され欲情の餌食とされるまったく受動的なヒロインの逃走としてのみ一方的に描かれる。ヒロインの体験する恐怖は、ギリシャ以来の古典悲劇のもっている、くらい宿命への畏怖と破滅する高貴な人物たちへの哀憐とを湛えた恐怖、ではない。獣に追跡されて森の奥の自我の塔に逃げこむ「わたし」は、まだ「青ひげ」や「赤頭巾ちゃん」などの童話の世界の住人からあまり隔たっていない。

テッド・ヒューズとめぐり会って、リチャード・サスーンとの恋を捨てきれずに悩んだのか、悩まなかったのか、プラスの「運命の女」の仮面は、つねに彼女の深層の世界のドラマしか示さない。愛と憎、光と闇の共存する深層の世界では、ドラマというよりはパントマイムしか上演されない。人間の心の古層への回帰だけでは、人間全体の出会うドラマとはなり得ない。『フェードル』のテーマ「宿命としての情熱的な愛」は、プラスの「追跡」の詩では「宿命としての性」という形に縮小・変形されている。

プラスと他者関係については、他日また稿を改めて論じることにして、今回の「ケンブリッジ草稿」詩集の探究は、「終末の日」で結びたいと思う。[33] 黙示録に示された世界終末の日のヴィジョンは、あの「階段を降りてくるエバ」のなかのヒロイン、超高層ビルの最上階に住むエバによって、次のように嘲笑的に解体されている。

白痴の鳥は跳び出し泥酔してよりかかる
壊れた宇宙時計の天辺に、
狂気の十三時に「とき」は告げられた

このヴィラネルの第一連は、すでに述べたように一九五一年の作品「ソネット――エバへ」のソネットの最終のカプレットの拡大されたものである。[34]

白痴の鳥は跳び出し泥酔してよりかかり
狂気の十三時に時を告げて鳴きたてる

あほうな鳥は、こわれた宇宙の時計の上にとまって、最後の審判ならぬ狂気の十三時を声高く告げる。調子はずれの小鳥のさえずり（to chirp）から雄鶏のときの声（is crowed）への変更は、このヴィラネルに本質的な、破砕され解体されてゆくイメージに適合する。この世という「彩色された舞台」は、シーンごとにくずれ「俳優たちは致命の打撃をうけて静止する」。「町は裂かれて谷がみえ、宣告をうけた市街は瓦礫の山となり」…という惨劇の責任は、機械工である神の失敗のせいとされる。

神の自在スパナは凡ての機械を吹きとばした、
私たちは聖なる雄鶏をきくとは夢にも考えなかった、
狂気の十三時に「とき」は告げられた。

宇宙時計を修理しようとしてすべての機械仕掛けを吹きとばしてしまった神のおかげで、時を告げる役目は、またその昔の鶏の音《ね》にもどされた。痛烈な皮肉のきいたこの画面はピカソの「アヴィニヨンの女」以後の構図を思わせる。第十三時、この運命の宣告の刻《とき》を、このように軽々と鮮やかなヴィジョンに仕立てるプラスの創造的手腕は、たとえ「習作」の気取りや見栄がみえているにせよ、軽々に見過ごすべきではないと思う。告白的な心情の流露とは別に、自己のアイデンティティ追求の苦しみとも別に、このような諷刺的な世界終末のヴィジョンのモザイク化、断片化の遊びは、シルヴィア・プラスの詩作のなかにつねにあり、とくにこのケンブリッジ時代にまとめられた詩集においては強くみられる。

初出一覧

出会いのインパクト　『エッセイズ』二十三号（一九七四年）原題「シルヴィア・プラツのこと」

経験の統一としての詩の方法　共立女子短大文科紀要二十一号（一九七七年）七六-八六頁。原題「現代詩の方法――シルヴィア・プラスの場合」

不安なミューズの漂う風景　同紀要二十四号（一九八〇年）一九-三五頁。原題「風景のなかのシルヴィア・プラス」

生きられた神話　同紀要二十六号（一九八二年）三三-五六頁。原題「生きられた神話――シルヴィア・プラス詩集再考」

新しい誕生「ヤドー」詩篇群の位置　同紀要二十八号（一九八四年）七七-一〇〇頁。原題「ある誕生まで―S・プラスの「ヤドー」詩篇群をめぐって」

若き詩人としての出発―「ケンブリッジ草稿」とその背景　同紀要三〇号（一九八六年）三七-五八頁。原題「ヴィジョンとレヴィジョン―シルヴィア・プラスの『ケンブリッジ草稿』」

あとがき

文学の研究の方法は時の流れと共に目まぐるしく変わる。二十世紀前半に目覚ましかったモダニズムの作品と、それらを手中にするためのニュー・クリティシズム。そして後半から、それまでの「大きな話」の解体に伴うポスト・モダニズムの時代となり、コミュニズムの変形した様々のイデオロギーに基づく批評の流派が現われては消えてゆく。今は「感受性の（思考からの）分裂」を気にするよりは、デリダに端を発する「脱構築」（デコンストラクション）によるテクストとの戯れや、その流れを汲むハロルド・ブルームの「誤読」（ミスリーディング）のスタイルをとる批評活動が盛んになったと思いきや、現時点では文化の一現象とみて学際的（インターディシプリナリィ）に捉える方法が斬新に見えたりする。わたしはそれらに関心がない訳ではないが、いちいちつき合っていては、あのイソップの「ろばを売りに行った親子」

と似たような結果になってしまう。私が本書で目指したのはシルヴィア・プラスの作品と生涯が与えるインパクトを伝えることである。ではどういうインパクトかと言えば、彼女が幼少の頃より求め続けた愛の大きさ、深さであり、そしてそれは彼女が本質的に二十世紀の宗教詩人であったということに他ならない。『ホワイト・ゴデス』やイシス信仰やタロット・カードなどの気晴らしに半ば真面目に従ったことは、夫テッド・ヒューズを始めとする知識人の白在な知的興味に過ぎず、「大いなる愛」を必死に求めていた彼女には、昔パウロがアテネの人々に語ったいまだ「知られざる神」とは誰かを説きあかしてくれる人こそ必要であったと思われる。次々と移り変わる私たちの「思いこみ」や「範型」(パラダイム)を越えて、文学は——それが人の世界観を高め(深め)魂を震撼させる限り——世代を越えて存在する。シルヴィア・プラスの全身を挙げての企投により刻み出された作品は、二十世紀半ばの知識人の信や愛への冷笑的な態度に汚染せざるを得なかったにも拘わず、二十世紀の宗教詩人の姿を浮き出しているとわたしは考える。

シルヴィア・プラスが三十歳の若さでしかも夫テッド・ヒューズとの離婚手続きを進めている間に亡くなったという事実は、プラスの未発表の草稿を研究すべき人々の間に大きな難問を残した。まず有名になった『エアリアル』から『巨像その他』へ、そして『ケンブリッジ草稿』へと、「完成された」最後の詩から習作期の作品へと「発展」とは逆の流れに沿ったわたしのプラス研究は、公刊された詩集に従って行なった結果である。ヒューズはプラスの死をアメリカの母に直ちには知らせず、ロンドンで知人たちと葬儀を行ない、西ヨークシャー、ヘプトンストールの彼の実家の教区教会の墓地に埋葬したときには、シルヴィア・プラスの弟ウォレン・プラス夫妻がかけつけただけだった。プラスの母は娘の死が自殺であるのを匿し、肺炎で死んだことにしていた。ヒューズは素晴らしく力のこもった詩を書く人だったが、妻の自殺という事件にふさわしく対処できるだけの器量に欠けていた。

とりわけプラスの日誌——生前には彼女は彼に見せなかった——はテッドにひどいショックを与えた。彼は彼女の編纂していた『エアリアル』から彼への怒りと憎悪のこめられた詩篇を削除し、彼女の死の三ヶ月前の絶望的な詩と入れ替えて『エアリアル』として公刊した。また日誌の刊行も多くの省略、削除を施した上、最後の三分の一——『エアリアル』の背景となる記録——は「燃してしまった」という次第だった。彼の弁解は「残された遺族、とくに子どものフリーダとニコラスの目に触れさせてはならないと思った」からだと言う。真実の自己を証しするために生命を賭けた詩人プラスの業績は、それによって傷つき復讐されると恐れた臆病な身内によって封印されたに等しい状況に置かれてしまった。プラスの草稿の責任者「プラス・エステート」の主でありながら、ヒューズは原稿の引用を求めてくる学者・批評家・伝記作家たちへの「ノー」を文学の分かる気の強い姉オルウィンに委ねて、ほとんど沈黙を通した。しかしオルウィンの引用不許可は実際はテッドの意図だったのである。

彼はプラスについて幾つかの論文を書いているが、その中でプラスを神話化して、幼い時死別した父へのエレクトラ・コンプレックスと母のもたらした父のナチズム的全体主義の人柄と、その母の自分への過剰な期待と自己犠牲の押しつけなどから生じる激しい憎悪に由来する悪夢の幻想に囚われ続け、常に自殺念慮につきまとわれている現代の神話を生きる詩人だったことを強調している。もちろん、彼女が天才詩人であったことも言い遁れはしないが。

プラスは物事に几帳面であり、その喜怒哀楽の情動は極端から極端に移るのが常だった。テッドに出会ったとき彼の詩才と豊かな（主に）文学の知識、そして彼女と釣り合う堂々とした体格（プラスは自分の身長が高過ぎることにつねに悩んでいた）の持ち主であることに驚喜し、彼を崇拝し偶像視していた。また彼女はつねに彼を独占したがっていた。しかし甘美な恋愛時代は間もなく終わり、彼女には不満、反感、怒りがわだかまっていった。そのような彼女を伴侶としたテッド・ヒューズは一見、傷つき易い妻を力強く保護する夫のように見えたが、実際は違っていた。彼は父母や姉オルウィンに甘えがちで、どちらかと言えばだらしがなく、この妻をどう取り扱ってよいか分からなかったらしい。恋愛はいつか冷めるものだが、その後の二人の間にはゴシップやスキャンダルの種子になるものが全くなかったとは言えない。「プラス・

エステート」の妨害にも拘わらず五冊の主要なプラスの伝記が出されている。エドワード・ブッチャー『シルヴィア・プラス——方法と狂気』(一九七六)、リンダ＝ワグナー・マーチン『シルヴィア・プラス——ある伝記』(一九七八)ロナルド・ヘイマン『シルヴィア・プラスの死と生』(一九九一)、ポール・アレグザンダー『手荒な魔術』(一九九一)、ジャクリーヌ・ローズ『心につきまとうシルヴィア・プラス』(一九九三)である。実はもう一冊、アン・スティーヴンスンの『苦い名声』(一九八九)が「プラス・エステート」の公認と助力を得て書かれた。この伝記の作者はアメリカ生まれで、イギリスで詩人として名声を得ていて、オルウィンから大いに期待されたが次第にオルウィンの思い通りにならず、アンの方もこの著作はオルウィンとの共著にすべきだったと嘆いている。そして結果は多くの批評家たちの辛辣な非難だった。アメリカ人ジャーナリストのジャネット・マルカムは、この『苦い名声』の評価から、伝記を書く者と書かれる者との間に存在する緊張関係に目をとめて、ロンドンでオルウィンに会った後、ダラムに住むアン・スティーヴンスンから泊まりがけで話を聞き、またプラスの最後の友人で編集者のA・アルヴァレス、デヴォンシャーでの親友エリザベス・シグマンド、スミス・カレッジの教師時代からの友人クラリッサ・ローシュ、プラスの階下に住み死の前日に出会っているトレヴァー・トマスたちの家に出かけて、克明にインタヴューした事をまとめて本にした。この本は巧妙な着想とすぐれた洞察をもって書かれていて前記の『苦い名声』(邦訳『詩人シルヴィア・プラスの生涯』〈晶文社〉と併せてぜひ読んでいただければと思う（邦訳『沈黙の女…シルヴィア・プラス』〈青土社〉）

本書ではプラスの詩のみを扱って散文は扱っていない。しかしプラスは小説にも強い関心をもち、アメリカ式に言えば小説でなく中篇小説《ノベレッタ》『ベル・ジャー』を死の一ヶ月前に偽名ヴィクトリア・ルーカスの下に出版した。短篇はスミス・カレッジの一年次に『セヴンティーン』に始めて掲載された「夏はもう戻らない」以下、「ミントン家の夏」「完璧な準備」「入会式」「プレスコット氏が死んだ日」「すべての親しき死者たち」「オクスボウ川の上流で」「木の花通りの娘達」「十五弗の鷲」「五十九番目の熊」「お祈りの箱」「母親組合」「マルハナバチの間で」等の短篇が雑誌に載せられている。テッドはプラスの短篇にあまり期待を寄せていなかったが、一九七七年に『ジョニー・パニックと夢の聖書』と題する散文集を公刊している。

プラスは詩と散文を比較したエッセイの中で、自分の詩は両側からせばまってくる視界の中に一瞬あざやかに飛び込んでくるとんぼや夕映えなどのイメージから成立する。歯ブラシは小説の中のパラフナリアとしてその位地づけができるが詩では歯ブラシを容れる余地がない、と言っている。しかし『ベル・ジャー』は詩的小説として、その鋭い問題提起の他にも、光彩を放っている。また前述の散文集中の短篇にいずれも主人公の烈しい情動の流れの中に、作者の鋭い観察眼と悪意に充ちた世界との対決の状況がまざまざと描かれている。ジャネット・マルカムはプラスの日記にみられるいくつものエピソードの詳細微妙な描写から、もし六三年の事件を生き延びていたら小説家、とくに短篇作家として大成していただろうと推定している。この国で最初のシルヴィア・プラスの研究書『シルヴィア・プラスの世界』（南雲堂）にはわたしの「ベル・ジャー論」が載っているので、こちらも参照していただけたら幸いである。

　テッド・ヒューズは一九九八年十月二十八日に、十年近く患っていた癌ではなく心臓発作のために亡くなった。その少し前から弟に代わって必死にヒューズ家のプライヴァシイを守るため未刊行の原稿の引用を求める人々を否認し続けてきたオルウィンのライフ・ワークとも言うべき「プラス・エステート」の代表者の地位も、出版社のフェイバー・アンド・フェイバーの手に移るようになった。しかしこの移行によってプラス研究の資料が得やすくなるとは期待できない。それよりもテッドが死の直前に我々に遺したのは『誕生日の手紙《バースデイ・レターズ》』という詩集だった。この詩集は九五年頃までに出版できる形になっていたと言われるが、彼は九六年になっても何月に出版すべきか占星術に頼って迷っていた。エレーヌ・ファインスタインの伝記『テッド・ヒューズ、詩人の生涯』によると、九七年の一月には『誕生日の手紙』はベストセラーズの一位となっていた。そして三月にはW・H・スミス賞、やがてフォワード詩賞を受賞し、その後、「女王のメリット勲位」のメンバーにも任じられたと言う。しかしわたしの手許のフェイバー・アンド・フェイバー社刊のハードカバーの『誕生日の手紙《バースデイ・レターズ》』の発行年は一九九八年となっている。それはともかく、この詩集の出版はテッドにとってシルヴィアとの結婚（僅か七年）が、その生涯にいかに消えない痕跡を残していたかを表示している。また彼女の自殺から彼はいかに最後まで、完全に立ち直れなかったかということも表わしている。この抒情詩のシリーズはプラスに語りかける形の下に二人の詩人がいかに熱烈に愛し合いつつ、互いにいかなる打撃を与え傷つき合ったかを、読む者に偲ばせる。どちらがより大きい苦悩を背負ったのであろうか。どちらもそれはわたしだ、と主張するであろうか。プラスは彼女の神であった父の像をテッドに重ねて心酔しようとしたが、ヒトラーの『我が闘争《マイン・カンプ》』を聖書とする昆虫学者の父オットーとヨークシャの自然児で詩を呪術と考えていたテッドとは全く異なっていた。またテッドにはオットーの様な断乎とした父権主義はなかったように見える。

　ともあれテッドはプラスがかつてそこから退去を求めたデヴォンシャーのコート・グリーンの地に埋葬され、シルヴィアは恋い焦れた海から遠く西ヨークシャーの嵐ヶ丘に連なる僻村へプトンストールにあるテッドの実家に近い、古い教会の墓地に眠っている。その墓石にはシルヴィア・プラス・ヒューズと刻まれていたため、フェミニスト達が怒って壊してしまうと言われている。筆者は二度訪れたが、ただ石ころだけということはなかった。最初訪れた時、墓石は高さ一メートル余り、ヒューズで終わる名の下に「燃えさかる焔のさなかでさえも／黄金の蓮花を／根づかしめよ」という詩句が刻まれていた。が数年後再訪してみると墓石は半分の大きさになり、詩句はもはやなかった。もしプラスの生前に離婚が成立していたとすればコート・グリーンは彼女の詩「十一月の手紙」（全集二〇三番）で七十本の林檎園のある庭を「これはわたしの不動産」と明言しているように、プラスのものであってテッドの所有物ではない。従って二人の墓地は入れ替っていたかもしれない。けれどもこんなことはとり立てて言う程のことではない。詩人の墓標は何度も言うように詩人の作品の中にこそ立てられるのであるから。テッドの『誕生日の手紙』は、僅か七年しか共生せず、若さ故の極端な愛から極端な憎悪に変じた妻プラスへの彼の墓標とも考えられる。その中の「トーテム」では、プラスが何にでも小さなハート型を描いたことに触れている。特に鏡の縁を黒く塗ったり古い黒いシンガーミシンの上などの「黒の上のクリムソン色のハート」は「小さなランプ」であり、彼の作った揺籠や子供部屋のしきいの「黒の上のクリムソン色のハート」は「血の噴出」である。「それはきみだけのロゴ」「このハートはきみの聖遺物、魔術」「クリスマスの十字架のようにきみのはハートだ」「それはきみの守護霊、天使、悪霊の奴隷」と畳みかけ、ついには「守護の天使の胸に安全を求めてきみがもぐり込むと、それはきみの悪霊の奴隷。所有欲の強い魚・母《フィッシュ・マザー》のようにきみをあまりに強く保護しようとして、きみを喰べてしまう」そして最後に「きみが何の上にでも描いた小さなハートは残っている、きみのパニックの跡のように。一つの傷のとばっちりなのだ。きみを捕えむさぼり食べたものの足跡だ」と結論する。テッドはプラスの読者にこういう誤解を招く読み方を誘導する。最後の詩「赤」も「赤はきみの色だ。それ以外は白。だが赤こそきみの周囲を包んでいた色」と始められ、カーペットもカーテンもクッションも赤でまるで「アズテックの祭壇――寺院だ」とおじ気を震う。そして結びで「青の方がきみによかったのだ。……青がきみの親切な霊で――幽鬼ではなく、電気をかけ（精神病治療のため一時期盛んだった電気ショック療法）、守護者であり、思慮深い。赤の孔の中で、きみは骨の髄から白を匿していた。しかしきみが紛失した宝石は青だったのだ」。つまりプラスの深い絶望、人間界の縁に追いつめられた窮境におそまきながら夫としての理解を示している。プラスがあの六三年の自殺を生き延びていたなら、テッドのこの言葉も妥当だったかもしれない。しかしプラスは乳幼児を二人抱えて書くことで生計を支えようとして必死だった。素晴らしい詩的エネルギーの湧出に自らを委ねて次々と創作が生じた。しかしこのエクスタシーの時は限られていた。まだほの暗い明け方、子供たちが目を覚ますまでの三時間くらいの「青の刻《とき》」だった。子供たちへの愛も深く、その世話は行き届いていたという。そういう彼女にとってハートは黒魔術ではなく心情であり、彼女が実は心底から求めていた「大いなる愛」のシンボルなのである。赤は暖く活気づける色というより彼女にとってはまずハートから送り出される血の色であり、「血の噴射《ブラッド・ジェット》こそ詩、誰もそれは止められない」であり、まだやっと六ヶ月の嬰児ニックは「あなたの中で血はきれいに、ルビーの花と咲き誇る」と賛嘆されるのである（全集一九六番)。

さらにわたしは思う。彼女の求めた赤はこの世の赤ではなかったのではないか。あの「チューリップ」(全集一六二番)では二つの赤が見られる。「チューリップはあまりに人を刺戟する」と始まり、白い静かな病室の中で「チューリップはまず第一に赤過ぎる。花束は私を傷つける/それは私の傷にひびく……」と詩人はその赤さを敵視する。しかし最終連では「そして私は自分のハートに気づく/それは赤い花の盃/私への純粋な愛から開閉する……」とハートの愛の赤さに慰められる。今私は「慰められる」と言ってしまったが、これは私なりの読みで、この詩の論者の解釈はまちまちで、R・R・デイヴィスは「ここでの問題は外部のチューリップでなく内部のハートで、それは彼女自身の死への憧憬を気づかせてくれる」から、ユーロフの「麻酔で非人間になった後で何者かにならねばならないことが問題で、チューリップを傷に結びつける時彼女は創造的、連想的に健康なハートの活動を行ない始めている」という具合である。しかし「エアリアル」で詩人の飛翔の的は「朝の大釜《コールドロン》・赤い眼」である昇る太陽だった。この黄金色に輝く太陽の赤こそがプラスの創造力のシンボルであり、それは宇宙を創造し、見える物と見えない物一切を主宰する神のシンボルと言えるのではないか。アメリカの宇宙飛行士の引用で改めて有名になったシェリーの詩句「人生は、ステンド・グラスのドームのように、永遠のまばゆい白さに着色する」をプラスの詩人の生に応用すると、彼女の色は赤でなければならないと思う。神なき時代の詩人はイェイツやテッドのように占星術や神知学的なオカルトを信じる。プラスにもその傾向があったのは確かだが、彼女独自の鋭い「世界苦」への共感と絶望に至る病いとの格闘を通じて、昔パウロがアテネの人々に説いた「いまだ知られざる神」を求めていたに違いない。T・S・エリオットが言ったように「詩は、宗教を題材にする必要はないが、宗教的でなければならない」。プラスの詩が、アメリカの二十世紀後半の「告白派」や「極端派」の枠にとらわれずに、読む人々の心に強く深いインパクトを与えるのは、あの「いまだ知られざる神」への希求に裏打ちされているからではないだろうか。

さらに一言、ケイト・モーゼスが『ウィンタリング』と題するシルヴィア・プラスの人生をテーマとする小説を書き、今年出版（聖マーティン・プレス）して好評を得ている。

この本のカバーに使用したプラスの描いた絵「ある女」は、成蹊大学博士課程の阿部陽子さんとスミス・カレッジのプラス・アーカイヴズのクーキルさんのご好意によるものです。

最後に本書の成立には南雲堂編集部の原信雄氏に何から何までお世話になりました。改めて御礼を申し上げます。

井上章子

注

出会いのインパクト

1 この章は一九七四年に書かれた。
2 Sylvia Plath, *Ariel* with Foreword by Robert Lowell. New York: Harper & Row, 1966. vii-ix.
3 Sylvia Plath, *The Bell Jar / Biographical Notes by Lois Ames / Drawings by Sylvia Plath.* New York: Harper & Row, 1971.（以下ＢＪと略）
4 Ted Hughes, "The Chronological Order of Sylvia Plath's Poems" in Charles Newman (ed.), *The Art of Sylvia Plath.* Bloomington: Indiana UP, 1970. 187-195.
5 Lois Ames, "Sylvia Plath: A Biographical Note" in *BJ*, 1971. 279-96.
6 ———, "Notes Toward a Biography" in Newman (1970) *op. cit.* 155-73.
7 Anne Sexton, "The Barfly Ought to Sing" in Newman (1970) *op. cit.* 174-181. プラスは一九五九年ボストン大のＲ・ローウェルの詩のセミナーに出席した後、セクストンやジョージ・スターバック等とリッツ・ホテルのバーで話し合うのを常とした。
8 Eileen Aird, *Sylvia Plath.* Edinburgh: Oliver & Boyd, 1973.
9 オットー・プラスはドイツ領だった「ポーランド回廊」のグラボウという町の出身。アメリカにいた親戚の招きでノースウェスタン大学に入り、ルーテル派の牧師になる事を期待されたが、その道を断念したため、援助金を断たれた。苦学してハーバード大学の生物学部で学士号から博士号を得た。語学にも才能がありボストン大学では生物と中世ドイツ語を共に教えた。
10 "Ocean 1212-W" in Peter Orr, *The Poet Speaks.* New York: Barnes and Noble, 1967. 167-72. またニューマンの前

11　掲書二六六-七二頁にも未刊行の作品として掲載されている。
彼の名はディック・ノートン。父親はボストン大学教授で、プラス一家とは親しく交際していた。長男のディックはシルヴィアの最初のボーイフレンド。学部はイェールでハーバードの医学大学院《メディカル・スクール》に進んだ。この出来事は一九五二年十月のことでその経験は、一つは八年後の詩「解剖室の二つの眺め」の中によみ返りいま一つはさらに二年後の小説『ベル・ジャー』のバディ・ウィラードと看護学生に扮したエスターとの出来事として生々しく描かれている。

12　Victoria Lucas, *BJ*. London: Heinemann, 1963.　13　Ted Hughes (1970) *op. cit.* 193.

14　Mary Kinzie “An Informal Checklist of Criticism” in Newman (1970) *op. cit.* 283-304.『ベル・ジャー』に関しては二八七-八七頁及び三〇三-四頁。　15　Sylvia Plath, “Lady Lazarus”. (*Ariel* 6-9.)

16　*ibid.* “Tulips”. 10-12.　17　*ibid.* “Poppies in October”. 19.

経験の統一としての詩の方法

1　一九六二年ロンドンのブリティッシュ・カウンシルでプラスが行ったインタヴューと詩の朗読。(1967) Peter Orr, *op. cit.* 167-72.

2　*Sylvia Plath. The Colossus and Other Poems.* London: Heinemann. 1960.（アメリカ版は「石たち」の連作から二つ残し他を削除してニューヨークのクノップ社から一九六二年に出版された）

3　“Night Shift”, *ibid.* 7-8.

4　Sylvia Plath, *Winter Trees.* London: Faber & Faber, 1971. *Crossing the Water.* London: Faber & Faber, 1971.

5　以下『巨像その他』（一九六二）より “Two Views of a Cadaver Room”. 5-6, “Hardcastle Crags”. 14-16, “Faun”. 17, “Departure”. 18-9, “Lorelei”. 21-3, “Point Shirley”, 24-6, “Suicide off Egg Rock”, 35-6, “Watercolor of Grantchester Meadows”, 40-1, “Blue Moles”, 49-50, “Mussel Hunter at Rock Harbor”, 69-72, “The Burnt-out Spar”. 76-7, “Flute Notes from a Reedy Pond”, 80-1, “The Stones”. 82-4.

6　プラトン「イオン」五三三e-五三四b。プラトン全集6、角川書店、一九七四年。

7　「夢について」四五九a一五、「夢占いについて」四六四b一〇『アリストテレス全集』6、岩波書店、一九六八年。

8　エンマ・ユンク、笠原・吉本訳『内なる異性—アニムスとアニマ』海鳴社、一九七六年。

9　プラスの卒論の題は「魔法の鏡—ドストエフスキーの二つの小説における二重性の研究」"The Magic Mirror: A Study of the Double in Two of Dostoyevsky's Novels"であった。なおこの卒論の内容は一九七六年日本アメリカ文学会における故高島誠氏の「プラスとドストエフスキー」という発表にくわしい。

10　Kathleen Raine, "Blake and Yeats" 同じ趣旨のパラグラフが以下にも見られる。*Blake and Tradition.* London: Routledge & Kegan Paul, 1968. (Introduction xxix). ここでは「……それ故、ダンテやブレイクの様な作品の表面だけを理解する前に、伝統的教養と象徴的言語を学び直すことが必要です。少くとも同一の鍵が全作品を開ける事を発見することは励ましになるでしょう。各詩人はそれぞれの象徴やテーマを選んだのでしょうが、しかし誰でも皆、一つの言葉を話すのです…」

11　三島由紀夫『鏡子の家』三島由紀夫全集十一。新潮社、一九七四年。五三四頁。

不安なミューズの漂う風景

1　Sylvia Plath, *The Colossus and Other Poems.* London: Heinemann, 1960, New York: Alfred A. Knopf, 1962. 六〇年には五十～六十部の詩集を出しクリスマスの挨拶に用いた。*A Winter Ship.* Edinburgh: The Taragon Press, 1960.

2　Ted Hughes, ed. *Ariel.* London: Faber & Faber, 1965. プラスは『エアリアル』と題して一九六二年十一月迄の原稿の出版を予定していた。ヒューズ編の六五年版はプラスのこの「原エアリアル」と称すべきものからかなりの詩を削除、代りにそれ以後の死迄の詩、その他を入れている。この改変には賛非両論がある。

3　例えば、過渡期の詩として上述の『湖水を渡る』*Crossing the Water.* 1971)と『冬の木立』、(*Winter Trees.*

1971）散文集として『ジョニイ・パニックと夢の聖書』(*Johnny Panic and the Bible of Dreams.* 1977）などを編纂、序文をつけたりした。他に一五〇部から五〇〇部程度の特装版を主にオルウィン・ヒューズの手によって出版している。*Uncollected Poems.* London: Turret Books, 1960; *Wreath for a Bridal.* Surrey: Scepter Press, 1970; *Crystal Gazer.* London; Rainbow Press, 1971; *Fiesta Melons.* Exeter: Rougemont Press, 1971; *Lyonesse.* London: Rainbow Press, 1971; *Million Dollar Month.* Surrey: Haslemere Printing Co., 1971; *Child.* Exeter: Rougemont Press, 1971; *Pursuit.* London: Rainbow Press, 1974; *Two Poems.* Bedfordshire: Scepter Press, 1980; *Two Uncollected Poems.* London: Anvil Press. 1980; *Dialogue over a Ouija Board.* Cambridge: Rainbow Press, 1981.

4 Marjorie Perloff, "On the Road to Ariel: The 'Transitional' Poetry of Sylvia Plath" in *Sylvia Plath: The Woman and the Work.* edited by Edward Butcher. New York: Dodd, Mead & Co., 1977. 125-42.

5 Suzanne Juhasz, " 'The Blood Jet': The Poetry of Sylvia Plath" in *Naked and Fiery Forms: Modern American Poetry by Women: A New Tradition.* New York: Harper Colophone Books, 1976. 85-116.

6 "The Disquieting Muses" (*The Colossus.* 58-60)

7 「告白詩」(confessional poetry)とはM・L・ローゼンソールが現代アメリカの詩人の中、R・ローウェルの「スカンクの刻《とき》」プラスの「ラザロ夫人」（"Lady Lazarus"）などに見られるプライヴァシーと時代のシンボリズムが一つに融け合った詩風に名付けた用語。プラスのこの傾向については以下参照。M.L. Rosenthal, "Sylvia Plath and Confessional Poetry" Charles Newman: (1970) *op. cit.* 69-88.

8 "Ocean 1212-W" Charles Newman, (1970) *op. cit.* 266-72.

9 Ted Hughes, "The Rock" BBC Radio Talks, *Listener*, 19 September 1963. 421-3.

10 Matthew Arnold, "The Forsaken Merman" *The Collected Poems of Matthew Arnold.* London: Oxford UP. 7th ed. 1948.

11 "Sheep in Fog" (*Ariel.* 3)

12 "Wuthering Heights" (*Crossing the Water.* 1-2)

13 "Hardcastle Crags" (*The Colossus*. 14-6.)

生きられた神話

1 *Sylvia Plath: Collected Poems*. edited with an introduction by Ted Hughes. London: Faber & Faber, 1981（以後CPと略す）*The Journals of Sylvia Plath 1950-1962*, foreword by Ted Hughes, Ted Hughes, Consulting Editor and Frances McCullough, Editor. New York: The Dial Press, 1982.（以後JSPと略す）

2 Ellen Mores, *Literary Women*. New York: Double Day, 1976. 青山誠子訳『女性と文学』東京、研究社、一九七八年、X頁。

3 Elizabeth Hardwick, *Seductions & Betrayal: Women & Literature*. London: Weidenfeld and Nicholson, 1974.

4 Betty Friedan, *The Feminine Mystique*. New York: Norton, 1963. 三浦富美子訳『新しい女性の創造』東京、大和書房、一九六五年。　5 "Kindness" *CP*. no. 122, 156-7.

6 Francisco de Zurubaran　スルバラン。（一五八九-一六六四）スペインの画家で聖人（女）画を多く描いた。ボストン美術館の近くにあるイタリア風建築のガードナー・ミュージアムの入口のすぐ左手に彼の聖女画が掲げられている。プラスも何度か訪れて見ていることであろう。

7 "Female Author" *CP*. 301.

8 "Ode to Ted" *CP*. no. 10, 29-30. 新婚時代のプラスはテッドを野生動物狩りの名人として賛えている。

9 "The Rabbit Catcher" *CP*. no. 164, 193-4.　10 "Edge" *CP*. no. 224, 272-3.

11 「極端派」の名称はA・アルバレスに由来する。A. Alvarez, "Poetry in Extremis" in *Observer*. (London, 14 March 1965) 26. 'extremis' には臨終の意も含まれる。

12 "Mystic" *CP*. no. 219, 268-9.

13 エレン・モアズは女流文学史の中にプラスを位置づけようとするとき、多分一九世紀末から二十世紀初頭にかけてのロシヤの宗教詩人ジナイーダ・ギ（ヒ）ッピウスを想起するであろう、と述べている（前掲書

XIページ）。ギ（ヒ）ッピウスの詩や短篇の英訳を読んだとき――ある夏プラスのニューナム・コレッジの時代を知るためにケンブリッジ大を訪れ、大学図書館で幸い借覧することができた――私もプラスの措辞よりいく分簡素で控え目ながら、深く燃える様な求道心を感じた。

なお、JSP2000でボストン時代マクリーン病院のルース・ボイシャー医師との面接についてのノート（四二九-四〇頁）で「自分自身の心情と意志に従って生きること」は危険で「自己自身であること」は大変な責任を伴うから、誰か他人になるかまったく誰でもなくなる方がたやすい。そうでなければ「〈リジューの）聖テレーズ（一八七三-一八九七）の様に神に魂を与えて〈私が恐れる唯一のことは自分の思い通りにすることです〉と言うことだ」と記している。プラスはこの聖女の「小さき花」で知られる『自叙伝』を熱心に読んでいた。日記の断片（付録九）にはこの本からの抜粋が、彼女の属した跣足カルメル修道会の創始者アヴィラの大聖テレサ（一五一五-一五八二）への言及を伴って五八九-九四頁にわたって記載されている。

14 "Words" *CP*. no. 221. 270. 15 "Morning Song" *CP*. No. 138, 156-7. 16 "You're" *CP*. no. 122, 141.

17 "Ariel" *CP*. no. 194, 239-40. "Poppies in October" *CP*. no.195, 240.

18 W.B. Yeats "Leda and the Swan" in *Palgrave's Golden Treasury*. Oxford: Oxford UP, 1996, 427.

19 "Disquieting Muses" *CP*. no. 75, 92-3. "On the Decline of Oracles" *CP*. no. 75, 92-3.

20 "Full Fathom Five" *CP*. no. 75, 92-3. "Lorelei" *CP*. no. 76, 94-5.

21 "Electra on Azalia Path" *CP*. no. 103, 116. "The Beekeeper's Daughter" *CP*. no. 104, 118. "Man in Black" *CP*. no. 106, 119. "The Colossus" *CP*. no. 104, 130.

22 "Daddy" *CP*. no. 183, 222-4. "Lady Lazarus" *CP*. no. 198, 244-47.

23 "Tulips" *CP*. no. 142, 160-62. 24 "In Plaster" *CP*. no. 141, 158-60.

25 "The Moon and the Yew Tree" *CP*. no. 153, 172-3. 26 "Little Fugue" *CP*. no.158, 187-9. 27 "Poppies in July" *CP*. no.170, 203.

28 "Burning the Letters" *CP*. no. 171, 204-5.　29 "Mary's Song" *CP*. no. 208, 257.

30 "The Couriers" *CP*. no. 199, 247.

31 "The Hanging Man" *CP*. 123, 141, "Little Fugue" *CP*. 158, 187-9, "Poppies in October" *CP*. no. 170, 203, "Years" *CP*. no. 206, 255-6.

新しい誕生

1 Edward Butcher, *Sylvia Plath: Method and Madness*. New York: Seaburg Press, 1976. 247.

2 Aurelia Schober Plath. ed. *Letters Home by Sylvia Plath*. New York: Harper and Row, 1975. 353-56.（以下LHと略）

3 *ibid*. 353.　4 *ibid*. 355.　5 *ibid*. 354.　6 JSP 三二三-三三三頁。　7 *ibid*. 317.

8 "Polly's Tree" *CP*. no. 116, 116-7.

9 Ted Hughes, "Notes on the Chronological Order of Sylvia Plath's Poems" in Charles Newman. (1970) *op. cit*. 187-195.

10 *ibid*. 191.

11 夫テッド・ヒューズのこの時期における役割については以下参照。Margaret Uroff, *Sylvia Plath and Ted Hughes*. Urbana: Illinois UP, 1979.

12 "Yaddo, Saratoga Springs, New York" in *The Journals of Sylvia Plath*. ed. by Karen V, Kukil. London: Faber and Faber, 2000. 501-30.（以下JSP2000と略す）

13 これは愛憎両存的《アンビギュアス》な母―娘関係にも由来する。詩人の母オーレリア・プラスは『ベル・ジャー』を「二人の事実上の関係を歪め本当のことよりも芸術的に納得をさせるために誤った方向に導く残酷で虚偽にみちたカリカチュア」として強く反論している。Aurelia Plath, "Letter written in the Actuality of spring" in Paul Alexander. ed. *Ariel Ascending*. New York: Harper and Row, 1985. 214-17.

14 例えば前述の「ポリーの木」や「マグノリアの砂洲」（"Magnolia Shoals" *CP*. no. 109, 122.）や「冥い森、冥い水」（"Dark Wood, Dark Water" *CP*. no. 115, 127.）など。

15 Ted Hughes, "Sylvia Plath and Her Journals" *Grand Street* 1(Spring). 86-99. 夫のテッド・ヒューズはプラスの詩の発展を死・生・再生と関連して説明し、「石 "Stones"」が極めて重大な転回点であり、この詩を通してあの『エアリアル』の調べが次第にあきらかになってくると述べている。なおこの論文はもっと短縮されてJSPの前文としてよく知られるようになった。

16 "Yaddo, the Grand Manner" *CP*. no. 111, 123-4, "The Manner Garden" *CP*. no. 113, 125, "Private Ground" *CP*. no. 118, 130-1.

17 JSP二三二頁には「ニコラスへの詩」とあり男のベビーを期待していたとみられる。この時生まれたのは女児でフリーダと名付けられ、ニコラスはその二年後に生まれた。

18 蜂を父オットー・プラスの象徴としている詩は多い。"The Beekeeper's Daughter" *CP*. no. 104, 118. また『エアリアル』には「蜂の詩グループ」とでも名づけられる一群の詩（CP一七六-一八〇）があり特に一七九番『蜂の群』（"The Swarms"）にはナポレオンがウォーターローやエルバ（島）、冬のロシヤと共に描かれている。

19 Charles Beaudelair, "Autumn" in *Imitations* selected and translated by Robert Lowell. London: Faber & Faber, 1961. 51.

20 The Sylvia Plath Collection, Smith College Library, Rare Book Room, Smith College, Northampton, Massachusetts. 「ヤドー詩編」の草稿はいずれも『ベル・ジャー』の初期草稿またはテッド・ヒューズの詩の草稿の裏側が用いられ、一篇につき三枚から三十枚にわたっている。一枚目は手書き、その後の何枚目かからはタイプ原稿となりそれにも手が加えられている。

21 Gary Lane and Maria Stevens, *Sylvia Plath: A Bibliography*. New York: The Scarecrow Press, 1978.

22 Nicholas Fowel, *Fuseli: The Nightmare*. 1972. 辻忠男訳『フューゼリー——夢魔』、みすず書房、アート・イン・コンテクスト、一九七九年。

23　短篇「マミー」は九月十三日から書き始められ、ニューワールド・ライティング社に発送されたが返却された旨、十一月七日の日記に見られる。注21の文献リストにはのっていないので破棄されたとみられる。

24　決定稿では "Poem for a Birthday" *CP.* no. 119, 131-40 という連作詩となった。その内容は 1. "Who" 2. "Dark House" 3. "Maenad" 4. "Beast" 5. "Flute Notes from a Reedy Pond" 6. "Witch Burning" 7. "The Stones".

25　"Two Sisters of Persephone" *CP.* no. 13, 31-2.

26　ＪＳＰ一三七頁。　27　Paul Radin. *African Folktales.* quoted from Ted Hughes (1970) *op.cit.* 192.

若き詩人としての出発

1　Sylvia Plath, *A Winter Ship.* Edinburgh: Taragon Press, 1960.

2　Gary Lane (1978) *op.cit.* 13-37 and 107-125.

3　"Introduction" by Ted Hughes, in *CP.*, 13-7.

4　"Conversation Among the Ruins" *CP.* no. 1, 21; "Pursuit" *CP.* no. 3, 23-4; "The Queen's Complaint" *CP.* no. 9, 28-9; "Ode for Ted" *CP.* no. 10, 29-30; "Wreath for a Bridal" *CP.* no. 29, 44-5; "Tinker Jack and the Tidy Wives" *CP.* no16, 34-5; "The Glutton" *CP.* no. 22, 40; "Alicante Lullaby" *CP.* no. 27, 43; "Fiesta Melons" *CP.* no. 31, 46-7; "Departure" *CP.* no. 37, 51; "November Graveyard" *CP.* no. 43, 56; "The Snowman on the Moor" *CP.* no. 45, 58-9.

5　"Spinster" *CP.* no. 35, 49-50; "Street Song" *CP.* no. 12, 35-6; "Ella Mason and Her Eleven Cats" *CP.* no. 41, 53-4; "Miss Drake Proceeds to Supper" *CP.* no. 24, 41.

6　Richard Laurence Sassoon (1934-　). サスーンはイェールの学部時代からソルボンヌにいた一九五四-五六年迄プラスと親密なデートを重ね粋をこらした文学的な手紙を交換していた。ＬＨにもその名が挙げられているがＪＳＰ２０００の一九二頁、付録六（五四七-五五一頁）に一九五五年の大みそかにパリを発ち二人でニースを訪れた日記の断片がある。

7　ＪＳＰ２０００二六八頁。削除・省略の多いＪＳＰの訳の方は「パリもローマも」だけだが、改訂版によるとその直前のパラグラフにはそれ迄にプラスが訪れた地名が順に記されている——ケンブリッジ、ロンドンそしてヨークシャー。パリ、ニースそしてミュンヘン。ヴェニスとローマ。マドリッド、アリカンテ、ベニドルム。

8　JSP2000二六九頁。ウルフの『作家の日記』を崇拝の念をもって読んだこと。「私の生涯は彼女（ウルフ）と、とにかく、結ばれている」と記した後、高校のクロケット先生のクラスで『ダロウェイ夫人』を読み、大学でエリザベス・ドゥルウ教授の『燈台へ』の朗読の声に陶酔したことからウルフを愛していると記されている。二八九頁には『ジェイコブの部屋』の棘、四八五頁には『歳月』の筋の散漫を批判しながら叙実、観察、感情のすばらしさを賛えつつ四九四頁でやっと「退屈」な作品を読み終ったと述べている。

9　JSP2000二七〇頁。　10　「新しい誕生」注15参照。　11　「生きられた神話」注13参照。

12　CMの年代構成は左記のように推定される。

一九五三年　“Mad Girl's Love Song” CPに記載なし。“To Eva Descending the Stair” *CP*. 33; “Doom's Day” *CP*. 316.

一九五四年　“Go Get the Goodly Squab” *CP*. 313.

一九五五年　“Two Lovers and a Beachcomber by the Real Sea” *CP*. 327; “Temper of Time” *CP*. 336; “Lament” *CP*. 315-6; “Aerialist” *CP*. 331-2; “Touch-and-Go” *CP*. 335-6; “The Dream of the Hearse-Driver” *CP*. 310-1; “Pigeon Post”. CPに記載なし。

一九五六年　“Apotheosis”を除いて凡てCPに収録。

13　Sylvia Plath, “Ocean 1212-W” in *Johnny Panic and the Bible of Dreams*. London: Faber & Faber, 1977. 118.

14　T. S. Eliot, “Gerontion” in *The Complete Poems & Plays*. London: Faber & Faber, 1969.

15　“Soliloquy of the Solipsist” *CP*. no. 20, 37-8.

16　“Tinker Jack and the Tidy Wives” *CP*. no. 16, 34-5.

17 ジョン・ダンが社交的で「ジャック・ダン」と呼ばれていた世俗時代の作品。John Donne, *The Poems of John Donne*, edited by Herbert Grievson. Oxford: Oxford UP, 1953. vol. I, 8-9.

18 "Dream with Clam-Diggers" *CP*. no. 28, 43-4.

19 Sylvia Plath, "Six Poems" in *Poetry 89* (January 1957) 231,273. 他の五篇は "Wreath for a Bridal" *CP*. no. 29, 44-5; "Strumpet Song" *CP*. no. 15, 33-4; "Two Sisters of Persephone" *CP*. no. 13, 31-2; "Epitaph for Fire and Flower" *CP*. no. 30, 45-6; "Metamorphoses"（ＣＰでは "Faun" no17 P35と改題）

20 "Mad Girl's Love Song" は *Mademoiselle* 及びＣＭの他いくつかの雑誌、詩集には発表されているが、ＣＰのジュベナリアには載せられていない。

21 John Keats, "La Belle Dame sans Merci" Paulgrave. *op. cit.* 193-4.

22 "To Eva Descending the Stair: A Villanelle" *CP*. 303.

23 "Family Reunion" *CP*. 300-1.

24 Emily Dickinson, "A Clock Stopped —" in *The Complete Poems of Emily Dickinson.* edited by Thomas Johnson. Cambridge: Harvard UP, 1957. no. 287.

25 ＪＳＰ２０００では一九五四年分はないが一九五五年十一月から一九五六年八月（ケンブリッジ時代とスペインのベニドルム海岸のハネムーン）までは見られる。またＬＨ一三八頁（母オーレリアのコメント）、ＪＳＰ八八頁（夫テッドのコメント）参照。さらに "A Certain Healthy Bohemianism" in *Plath Incarnation: Women and the Creative Process.* by Linda K. Bundtzen, Ann Arbor: Michigan UP, 1983. も参考になる。

26 Richard Sassoon については本章注6参照。さらにＬＨにおいて一三六、一三七、一九六、二〇八、二十一、二十七、二二二各頁参照。またＪＳＰ九〇-一四四頁も参照。

27 「黄色」について。Richard M. Matovich, *A Concordance to the Collected Poems of Sylvia Plath.* New York and London: Garland Publishing, 1986. によると 'Yellow' は三十例あり他の色彩語に比べ特に多くはないが写実的用法よりも象徴的用法がめだつ。そして「黄色いダリア」にみられた堕罪と悪の女の含みがもっとも多い。

他に呪術的・宿命的な世界観への含みもある。例えば「荘園の庭」の「硬い星が既に天を黄に染めている」や「牧羊神」の「黄色い眼の円形競技場《アリーナ》」など。「黄」はプラスの志向した純粋な「白」や「赤」に対立する純粋ならざる堕落した、自由もなく宿命に支配された人間の愛欲の諸相に関る色彩語とみられる。

28 "Conversation Among the Ruins" *CP*. no. 1, 21.

29 特に「侵入者」が頻出するのはＪＳＰ一三八-一四一頁である。一四一頁には「暗い侵入者」と題する短篇の構想もある。そこでは「デリケートでカタツムリ―と―ワインの味のする」リチャードと「ただステーキとポテトだけで他に何の味もない」グレイ（ハウプト）の二人のコントラストが描かれる筈だった。また「午前三時のモノローグ」（一三番）は「廃墟の中での会話」と共に「あなたは、ここからは、百万もの緑の国々へ」や「さよならが言われ、列車が出ていった、そして大馬鹿者の私は、かくして、私の王国からねじ切られた」には上述のＪＳＰの記述と符合する所が多くリチャード・サスーンへの言及は確実と思われる。

30 "Pursuit" *CP*. no. 3, 22-3.

31 ＪＳＰ一一四-一一五頁（一月二十七日）。

32 "Doomsday" *CP*. 316.

33 "Sonnet: To Eva" *CP*. 304-5.

参考文献

［A］　シルヴィア・プラスの作品

The Colossus and Other Poems. London: Heinemann, 1960. New York: Alfred A. Knopf, 1962.

The Bell Jar (Victoria Lucas という変名で). London: Heinemann, 1963. New York: Harper & Row, 1971. 『自殺志願』田中融二訳、角川書店、一九七二年。（絶版）

Ariel. London: Faber & Faber, 1965. New York: Harper & Row, 1966. 『エアリアル』徳永暢三訳、構造社、一九七一年。（絶版）

Crossing the Water. London: Faber & Faber, 1971. New York: Harper & Row, 1971. 『湖水を渡って―シルヴィア・プラス詩集』高田宣子・小久江晴子訳、思潮社、二〇〇一年。

Winter Trees. London: Faber & Faber, 1971. New York: Harper & Row, 1971.

Letters Home. New York: Harper & Row, 1975. London: Faber & Faber, 1976.

The Bed Book, illustrated by Quentin Blake. London: Faber & Faber, 1976. New York: Harper & Row, 1976.

Johnny Panic and the Bible of Dreams. London: Faber & Faber, 1977. New York: Harper & Row, 1979. 『ジョニイ・パニックと夢の聖書』皆見昭・小塩トシ子共訳、弓書房、一九八〇年。

Collected Poems. London: Faber & Faber, 1981. New York: Harper & Row, 1981.

The Journals of Sylvia Plath 1950-1962, foreword by Ted Hughes, Consulting Editor and Frances

McCullough, Editor. New York: The Dial Press, 1982.
The Journals of Sylvia Plath 1950-1962. edited by Karen V. Kukil. London: Faber & Faber, 2000.
『シルヴィア・プラス詩集』皆見昭訳、鷹書房、一九七六年。
『シルヴィア・プラス詩集』徳永暢三編訳、小沢書店、一九九三年。
『シルヴィア・プラス詩集』吉原幸子・皆見昭共訳、思潮社、一九九五年。

［B］　シルヴィア・プラスについての研究書

Aird, Eileen. *Sylvia Plath.* Edinburgh: Oliver & Boyd (Longman). 1973. New York: Harper & Row, 1973.
Alexander, Paul. ed. *Ariel Ascending.* New York: Harper & Row, 1985.
________. *Rough Magic: A Biography of Sylvia Plath.* New York: Viking, 1991.
Alvarez, A. *The Savage God: A Study of Suicide.* London: Weidenfeld & Nicholson, 1971.
Axelrod, Steven Gould. *Sylvia Plath: The Wound and the Cure of Words.* Baltimore & London: Johns Hopkins UP, 1990.
Basenett, Susan. *Sylvia Plath.* London: MacMillan, 1987.
Barnard, Caroline King. *Sylvia Plath.* Boston: Twayne, 1978.
Broe, Mary Lynn. *Protean Poetic: The Poetry of Sylvia Plath.* Columbia: Missouri UP, 1980.
Bundtzen, Lynda K. *Plath Incarnation: The Woman and the Creative Process.* Ann Arbor: Michigan UP, 1983.
________. *The Other Ariel.* Amherst: Massachussetts UP, 2001.
Butcher, Edward. *Sylvia Plath: Method and Madness.* New York: Seabury Press, 1976. New York: Pocket Books, 197
________. ed. *Sylvia Plath: The Woman and the Work.* New York: Dodd, Meadows, 1976. London: Peter Owen, 1979.
Hayman, Ronald. *The Death and Life of Sylvia Plath.* London: Heinemann, 1991.『シルヴィア・プラス―フェミニストの象徴詩人の死と生』（徳永暢三・飯野友幸共訳、彩樹社、一九九五年）。

Heaney, Seamus. *The Government of the Tongue*. London: Faber & Faber, 1988. New York: Farrar, Straus & Giroux, 1989.
Holbrook, David. *Sylvia Plath: Poetry and Existence*. London: Athlone Press, 1976.
Hughes, Ted. *Birthday Letters*. London: Faber & Faber, 1996. New York: Farrar, Straus & Giroux, 1998.
Kroll, Judith. *Chapters in Mythology: The Poetry of Sylvia Plath*. New York: Harper & Row, 1976.
Lane, Gary. ed. *Sylvia Plath: New Views on the Poetry*. Baltimore: Johns Hopkins UP, 1979.
Malcolm, Janet. *The Silent Woman: Sylvia Plath and Ted Hughes*. New York: Knopf, 1994. 『シルヴィア・プラス―沈黙の女』(井上章子訳、青土社、一九九七年)。
Newman, Charles. ed. *The Art of Sylvia Plath: A Symposium*. Bloomington: Indiana UP, 1970.
Rose, Jacqueline. *The Haunting of Sylvia Plath*. London: Virago, 1991.
Rosenblatt, Tom. *Sylvia Plath: The Poetry of Imitation*. Chapel Hill: North Carolina UP, 1979.
Steiner, Nancy Hunter. *A Closer Look at Ariel: A Memory of Sylvia Plath*. New York: Harper's Magazine Press, 1974 London: Faber & Faber, 1974.
Stevenson, Anne. *Bitter Fame: A Life of Sylvia Plath*. London: Penguin Books, 1989. Boston: Houghton Mifflin, 1989. 『詩人シルヴィア・プラスの生涯』(風呂本惇子訳、晶文社、一九九五年)。
Uroff, Margaret Dickie. *Sylvia Plath and Ted Hughes*. Urbana: Illinois UP, 1979.
Van Dyne, Susan R. *Revising Life: Sylvia Plath's "Ariel" Poems*. Chapel Hill: North Carolina UP, 1993.
Wagner, Erica. *Ariel's Gift*. London: Faber & Faber, 2000.
Wagner-Martin, Linda W. *Sylvia Plath: A Biography*. New York: Simon and Schuster, 1987.
________. ed. *Sylvia Plath: The Critical Heritage*. London: Routledge and Kegan Paul, 1988.
________. *Sylvia Plath: A Literary Life*. London: MacMillan, 1999. New York: St. Martin's Press, 1999.
その他多数の論文があるが主要なものは上記の評論集に収められている。
Matovich, Richard M. *A Concordance to the Collected Poems of Sylvia Plath*. New York and London: Garland Publishing,

1986.
Meyering, Sheryll. *Sylvia Plath: A Reference Guide 1973-1988*. Boston: G.K. Hall, 1989.
Tabor, Steven. *Sylvia Plath: An Analytical Bibliography*. London: Mansell Publishing Limited, 1987.

〈邦文文献〉

『鏡の中の錯乱』水田宗子著、静地社、一九八一年。

『シルヴィア・プラスの世界』皆見昭・渥美育子共編、南雲堂、一九八二年。

『詩人の素顔―シルヴィア・プラスとテッド・ヒューズ』皆見昭著、研究社、一九八七年。

著者について

井上章子（いのうえ　ふみこ）

お茶の水女子大学英文科卒業。東京大学大学院英語英文学専攻、修士課程修了。ハーバード大学エンチン研究所客員研究員（一九七五年より七六年）。共立女子大学国際文化学部教授を経て、現在、共立女子大学名誉教授。日本ペンクラブ会員。

『アメリカ女性群像』（共著、駿々堂一九八〇年）、『シルヴィア・プラスの世界』（共著、南雲堂一九八七年）、『アメリカ文学と時代変貌』（共著、研究社一九七〇年）、『沈黙の女、シルヴィア・プラス』（翻訳、青土社一九九七年）、などがある。

ほかに、エミリ・ディキンスンを始め、ロバート・ローウエル、デニーズ・レヴァトフなど現代アメリカ詩人やイエイツ、シェイマス・ヒーニー、ポール・マルドゥンなどのアイルランド詩人についての研究、小説家メアリ・マッカシーについての論文などがある。

シルヴィア・プラスの愛と死

二〇〇四年二月二十五日　第一刷発行

著　者　井上章子
発行者　南雲一範
装幀者　岡孝治
発行所　株式会社南雲堂
東京都新宿区山吹町三六一　郵便番号一六二―〇八〇一
電話　東京(〇三)三二六八―二三八四
振替口座　東京　〇〇一六〇―〇―四六八六三
ファクシミリ　(〇三)三二六〇―五四二五
印刷所　日本ハイコム株式会社
製本所　長山製本

乱丁・乱丁本は、小社通販係宛御送付下さい。
送料小社負担にて御取替えいたします。

〈1B-281〉〈検印廃止〉

ISBN4-523-29281-7　C3098